DREAMBOOKS★

새빨간 당근 판타지 장편소설

FANTASY STORY & ADVENTURE

붉은여제

dream
books
드림북스

붉은 여제 4

초판 1쇄 인쇄 / 2015년 4월 29일
초판 1쇄 발행 / 2015년 5월 8일

지은이 / 새빨간 당근

발행인 / 오영배
책임편집 / 편집부
펴낸 곳 / (주)삼양출판사 · 드림북스

주소 / 서울시 강북구 도봉로 173
대표 전화 / 02-980-2112 팩스 / 02-983-0660
편집부 전화 / 02-980-2116 팩스 / 02-983-8201
블로그 / blog.naver.com/dreambookss

등록번호 / 제9-00046호
등록일자 / 1999년 3월 11일

ⓒ 새빨간 당근, 2015

값 8,000원

(주)삼양출판사 · 드림북스의 서면 허락 없이는 어떠한
형태나 수단으로도 이 책의 내용을 이용하지 못합니다.

ISBN 979-11-313-0208-8 (04810) / 979-11-313-0204-0 (세트)

* 지은이와 협의하에 인지는 생략합니다.
* 잘못된 책은 구입한 곳에서 바꾸어 드립니다.

이 도서의 국립중앙도서관 출판시도서목록(CIP)은 서지정보유통지원시스템홈페이지
(http://seoji.nl.go.kr)와 국가자료공동목록시스템(http://www.nl.go.kr/kolisnet)에서
이용하실 수 있습니다. (CIP제어번호: 2015012187)

새빨간 당근 판타지 장편소설
FANTASY STORY & ADVENTURE

붉은여제

4

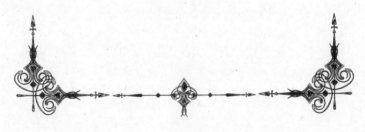

dream
books
드림북스

목차

붉은여제

제1장

왕실의 여인들(2)

데레니아는 늘 삼엄한 경호에 둘러싸여 있었다. 대외적으로는 무장 경호원이 20명 정도 있다고 밝혔으나 실상은 일찍이 루투스 국왕을 모셨던 직하 병졸들을 모두 동원하여 호위에 힘을 더했다.

그녀의 호위부대는 왕국 2기사단의 단장이자 여섯 기사 중 하나였던 칼스 페르난도가 이끌었다. 그 외에도 훤칠하고 인물 좋기로 소문난 기사들이 눈을 부릅뜨고 다녔다.

이토록 겹겹이 경호를 받고 있었음에도 불구하고 데레니

아의 자문관들은 암살이나 위해의 가능성이 다분하다며 노심초사했다.

왕실 내부에 제국의 인원들이 들어오면서부터 위험은 어디에든 도사린다는 주장이었다. 대관식 자리에서 새 왕비가 될 여인에게 화살을 날리는 판국이었으니 구태여 근거를 댈 필요도 없었다.

특히 선대 국왕을 시해했던 암기가 독이었기 때문에, 왕궁 대마법사를 겸하고 있었던 차코 하밀은 독살 가능성을 가장 최우선으로 두었다.

차코는 자신의 주군인 데레니아뿐 아니라, 왕실 내 고위층 분들의 향수, 장갑, 음식 등의 선물까지도 엄중하게 검토했다. 추후 그는 '왕실의 위험한 여건들' 이라는 주제로 기록서를 작성하기도 했다.

그러나 정작 가장 위험에 많이 노출됐다고 봐도 될 여인은 차코의 진심 어린 충고를 완전히 받아들이진 않았다.

그 주인공 메를리니는 레이드의 사랑을 믿어 의심치 않았고, 자신의 사람들이나 혹은 자신 자체를 과신하듯 행동했다. 그런 그녀의 돌발적인 행동들은 가끔씩 대신들의 간담을 서늘하게 만들곤 했다.

메를리니는 아침 종례를 맞아 궁녀들을 모두 불러들였

다. 빈궁을 모시는 궁녀들이 모두 모였지만 그 수는 그리 많지 않았다.

국왕의 사랑과 신뢰를 한 몸에 받는 빈궁을 모시는 사람들이라고 하기엔 꽤 적은 인원이었다. 왕태자비 때도 그랬지만 데레니아나 에리에 비하면 시종을 적게 둔 편이었다. 궁녀 등의 여관들 외에도 호위병들은 고작 2~3명, 내관 2명이 고작이었다.

어느 날, 메를리니는 자신의 궁전 앞마당으로 차코를 초대하여 단둘이 점심 식사를 가졌다. 단순히 치맛바람으로 뭔가를 꾸미는 여인이 아님을 대다수의 사람들이 알았기에 그녀가 남자를 불러서 식사를 했다는 걸 크게 신경 쓰지는 않았다.

식사 도중, 메를리니가 가볍게 한 마디 던졌다.

"돼지우리는 어떤가요?"

"예? 돼지우리라니, 도통 무슨 말씀이신지?"

"모르신다면 됐어요."

정말 농담으로 던진 건지, 아니면 뭔가 의미를 담아 떠본 건지 구분이 힘들었다. 차코는 적잖게 당황했으나 그래도 크게 내색하진 않았다.

메를리니라는 여성과 더러 대화를 해 보니 어떤 종류의

성향인지 짐작이 갔기 때문이었다.

그런 점을 감안하면 메를리니라는 여성을 한 명의 여인으로 보는 건 굉장한 무례이자 실수였다. 차코는 메를리니를 만날 때마다 자신의 주군인 데레니아가 메를리니를 기피하고 조심하는 이유를 실감했다.

"하밀 경, 식사는 입에 맞으시나요?"

"예. 왕궁의 녹을 꽤나 먹은 몸입니다만. 특히 빈궁 마마께서 차려주시는 음식은 정말 맛있습니다."

빈말은 아니었다. 객관성 면에서는 확실치 않았지만 거짓말을 하진 않았다. 차코는 이 약속을 위해 세 끼를 내리굶었다. 허기진 뱃속에 뭘 넣어 주더라도 맛나게 느껴질 정도였다.

이 자리를 풍성하게 만들기 위해 차코가 할 수 있는 최선의 예의였다. 그가 그렇게까지 한 데는 특별한 이유가 있었다.

메를리니는 은근히 예법과 법도를 철저히 따지기로 유명했다. 스스로 정도를 모르고서야 어찌 윗사람과 아랫사람을 아우를 수 있겠냐는 그녀 나름의 방침이었다. 유지나 이르에 등에게 곧잘 장난을 치는 등 친근한 모습을 보이긴 했지만, 거리를 유지한 이들에게는 확실히 선을 긋는 편이었다.

공교롭게도 지금의 루티아르 왕실은 3명의 여인을 주축으로 궁인들의 자리 잡기도 한창이었다. 왕국 최고의 권력자라고 해도 과언이 아닐 왕태후나, 제국의 비호를 등에 업은 정실 왕비, 왕의 사랑을 한 몸에 받으며 스스로의 능력 또한 물이 오른 메를리니.

이 셋 중 누구를 지지할지를 놓고 알게 모르게 크고 작은 분쟁이 끊이지 않았다. 그렇다 보니 메를리니로서도 구분선을 철저하게 그을 필요가 있었다.

메를리니를 모시는 궁인의 수가 극도로 적은 것도 그런 이유에 적잖게 영향을 받은 것이다. 그녀가 유독 심하게 가려서 대하는 이들이 있었으니 대개 첩자 행세를 하는 궁인들이었다.

메를리니에게는 데레니아나 에리의 사주를 받은 궁인을 기가 막히게 추려내는 안목이 있었다. 그런 요주의 인물이 발견될 시에는 간혹 유지니를 시켜서 뒤를 캐게도 했다. 역이용하기 위한 수를 만들려고 꾀를 부린 것이다.

그러던 중, 이번에 메를리니가 쳐 놓은 그물망에 대어가 걸려들었다. 슬슬 시기와 질투가 극에 달한 여인이 수면 위로 모습을 드러낼 순간이었다. 차코와의 점심 식사는 공공연히 며칠 전부터 소식이 퍼지길 유도한 결과물이었다.

이미 두 사람에 대한 소식을 왕궁 내 모두가 알고 있었다. 이 만찬 자리에 날파리가 꼬이지 않을 리 만무했다. 모든 것은 메를리니의 예상대로 흘러갔다.

점심 식사를 마치고 두 사람의 테이블에 녹차 케이크와 홍차가 차려졌다.

"오호. 색깔이 선명하고 향이 감미로운 것이 진짜배기 홍차로군요."

"이번에 제 쪽으로 새로 배정 받은 아이가 탄 것이라, 혹여 하밀 경의 입맛에 맞지 않을까 내심 불안했는데 다행이네요."

메를리니는 홍차를 차려온 궁녀를 바라봤다.

"네이라고 했던가?"

"네. 마마. 네이 엔들리라고 합니다."

"그래, 네이. 앞으로도 좋은 차를 기대하마."

"네. 마마."

네이는 고개를 조아리며 몇 발자국 뒤로 물러났다. 그녀는 메를리니가 홍차를 마시는 모습을 흘끗 쳐다봤다. 메를리니의 앵두처럼 붉은 입술이 홍차가 든 찻잔에 닿자, 네이의 손에 식은땀이 송골송골 맺혔다.

손가락은 차츰 수전증이라도 걸린 것처럼 미세하게 부들부들거렸다. 그러면서 호흡도 가빠왔다. 메를리니의 입술이 홍차 물을 적시는 순간 네이의 얼굴은 바짝 상기돼 겉으로도 드러났다.

메를리니는 혀를 닿을 듯 말 듯하더니 찻잔을 테이블에 내려놓았다.

"이렇게 감미로운 홍차를 나 혼자 먹기는 그렇구나. 네이, 같이 먹자꾸나."

"네?"

네이는 멍한 표정을 하고서 메를리니를 쳐다봤다.

갑자기 왜 그러시지? 하는 얼굴로 차코도 마시려던 찻잔을 내려놓고 두 사람을 지켜봤다. 처음에는 메를리니의 행동이 무얼 의미하는지 몰랐으나, 네이가 좀처럼 홍차를 마시지 않고 사양하는 걸 보고 단박에 알아차렸다.

차코는 품에서 은으로 만든 막대기를 꺼내 홍차에 담가보았다. 순식간에 은 막대기가 새까맣게 물들었다.

두 사람이 차코의 행동을 확인한 것보다 빠르게 차코가 자리를 박차고 네이의 오른팔을 뒤로 꺾었다.

"아악!"

비명 소리가 일면서 삽시간에 화기애애했던 점심 식사는

아수라장이 되었다. 비명을 듣고 호위들이 달려와 상황을 파악하려고 애썼다. 그들은 메를리니의 지시에 따라 네이를 포박하여 지하 감옥으로 끌고 갔다.

그날 저녁, 메를리니는 유지니를 대동하고 지하 감옥으로 들어섰다. 루티아르 왕성의 지하 감옥은 반역죄를 비롯한 대역죄인들만 갇히는 곳이라, 빈자리가 많았다.

간혹 자리를 꿰차고 있는 이들도 수십 년 전의 죄로 갇혀 있던 이들이 대다수였다. 그들 모두 오랜 감방살이로 육체고 정신이고 정상이 아니었다. 그런 이들을 애써 외면하고 끝 방에 갇혀 있었던 네이의 감방으로 들어갔다.

나무 의자에 묶인 상태로 앉아 있었던 네이는 이미 몇 번의 고문을 당했는지 온몸이 망신창이였다.

"네이."

"……."

"맛있는 홍차를 만드는 재주가 아깝구나."

"……."

"나는 딱히 네게서 자백이라든가, 증좌를 얻어낼 생각은 없단다. 유지니, 이 계집의 손을 못 쓰게 만들어라."

"네."

어린 소녀의 탈을 쓰고 어쩜 그리 차가울 수 있을까. 메를리니와 네이의 머릿속에 감돈 공통된 생각이었다.

그러나 그것도 잠시, 네이는 고통으로 오만상을 찌푸리며 비명을 내질렀다. 손가락을 자르거나 부러트리지도 않고 착실하게 고통을 선사받았다. 손가락에 이는 아픔 때문에 기절조차 하지 못했다. 붉은 핏줄이 올라온 얼굴이 눈물과 침으로 범벅이 됐다.

메를리니가 나지막이 말했다.

"잠시 쉬자꾸나."

"네."

유지니는 언제 그랬냐는 듯 메를리니의 뒤로 자리했다. 고요한 감방 안에는 네이의 기진맥진한 숨소리만이 낮게 울렸다. 연신 가쁜 숨을 토해 내던 네이는 그냥 이대로 죽고 싶은 마음이 간절했다.

그러나 그 정도의 아량을 자신에게 베풀어 주지 않을 거란 사실을 누구보다 잘 알고 있었다. 낙담할 겨를도 없이 유지니의 고문이 다시 이어졌고, 정신이 혼미해질라치면 거듭 손가락에 일은 고통이 온몸을 자극해 버렸다.

어느새 혼절만 서너 번은 해 버렸다. 네이는 차라리 그냥 죽고 싶었다. 어떻게든 이 고통 속에서 해방되고 싶었다. 차라리 모든 걸 말해 버리면 자신을 살려 주지 않을까? 하는 막연한 생각도 해 봤다.

그때 왕태후 데레니아가 향설과 몇몇 호위들을 데리고 감방 안으로 들어섰다. 그녀의 등장으로 분위기가 급변했다.

"메를리니, 자초지종은 차코로부터 전해 들었다. 이쯤에서 정리하는 게 어떻겠느냐. 너에 대해 좋지 않은 소문들이 종종 떠도는 중이니."

"이 아이가 아직 자백을 하지 않았습니다."

"정말 자신이 아무것도 모르는 것이겠지. 향설, 처리해라."

그리고 모두가 할 말을 잃었다.

향설이 검을 빼서 그대로 네이의 숨통을 끊어 버렸다. 정적이 공기 중으로 깔렸다. 이 난감한 사태에 메를리니도 눈썹만 약간 움직이며 눈치를 살폈다. 결과적으로 네이가 죽음으로써 심문을 해야 할 목적 자체가 사라져 버렸다.

데레니아의 차가운 손이 메를리니의 어깨를 어루만졌다.

"이쯤 했으면 됐다."

"……."

"구태여 일을 크게 만들 필요가 있을까. 그 정도 그릇은 아니지 않느냐, 메를리니."

"……."

"긴 거리를 주파하기 위해선 한 번쯤 쉬어 주는 것도 중요한 법이다."

데레니아는 메를리니의 어깨를 탁탁 쳐주고는 등을 돌렸다. 그녀가 지하 감옥을 나가는 모습을 유유히 지켜본 메를리니가 나지막한 목소리로 입을 열었다.

"유지니."

"네. 마마."

"왕비일까. 왕태후일까."

"저로선 감히……."

"나는 분명 왕비를 노리고 덫을 놓았다. 그런데 반응한 것은 왕태후로구나. 물론 네이로 하여금 일을 꾸민 건 아마 왕비가 확실할 것이야. 그렇기 때문에 참으로 무섭구나. 추를 맞추는 순간을 너무도 잘 알지 않는가. 이 왕실의 진정한 안주인이자 나의 시어머니인 왕태후라는 여인은……."

메를리니는 입술을 살짝 떨다가 곧 피식 미소를 지었다.

*　　　*　　　*

군주는 될 수 있는 한, 자주 대중 앞에 모습을 드러냄으로써 그들의 관심과 호의를 끄는 게 중요했다. 신임 군주 자리에 오른 레이드의 입장에서는 더더욱 그러했다.

레이드는 주말이면 수도 레필타의 지역 한 곳을 정해 놓고 순행을 다녔다. 월 단위로 나라 곳곳을 순방할 계획도 잡고 있었다.

그의 그런 모습을 대신들도 싫어하지 않았고, 왕태자 때와 달리 왕이 되어서는 진정한 모습을 보이기 시작했다며 찬양했다.

문제는 순행 길에 누구를 옆자리에 앉혔는지가 가장 중요했다. 몇몇 대신들은 왕실의 큰 어른을 모셔야 한다며 왕태후 데레니아를 추천하기도 했다. 그럴 때면 데레니아는 왕의 위엄을 보여야 하는 자리에 자신이 나서야 되겠냐며 한사코 거절했다.

다음 순위는 응당 에리 왕비였지만, 그게 간단히 결정될 문제는 아니었다. 관례상 왕비가 왕의 옆에 위치하는 게 당연하다시피 했는데. 놀랍게도 근 10년 사이에 루티아르 왕실은 전례 없던 대사건들을 너무 많이 지나쳐 버렸다.

이번에도 기본 규율 따위는 간단히 무너지면서 레이드의 옆자리를 채운 것은 후궁인 메를리니였다. 왕을 태운 백마가 대로를 거닐었다. 레이드는 말고삐를 천천히 조율하며 시종을 불렀다.

"책자를 가져 오거라."

시종이 챙겨 온 책자는 레이드가 직접 작성한 문구들이 일목요연하게 정리된 문서집이었다. 개중에는 손수 작성한 연설문도 기재돼 있었다.

"남이 아니라, 왕 스스로 고뇌에 따라 만들어 낸 말이야 말로 진정 듣는 사람들의 머릿속에 각인되는 것이 아니겠소."

"전하의 말씀이 백번 지당하십니다."

"뭐 빈궁이 백성들과 교감하는 것에 비하면 아직 턱없지만."

"과찬이십니다, 전하."

메를리니는 타고난 웅변가이자 쇼맨십의 대가였다. 사전 준비 없이도 즉흥적으로, 막힘없이 달변을 쏟아낼 줄 알았다. 청중을 마음대로 쥐락펴락할 기지를 충분히 갖춘 여인이었다.

특히 그녀의 말솜씨와 글솜씨는 더욱 현란하고 기교가 넘쳐서 레이드의 부족한 면면을 보완해 주고도 남았다. 그녀가 민중을 향해 몇 마디를 덧붙이고 손짓을 하면 야유가 아닌 환호가 빗발치곤 했다.

대로에 모인 백성들은 메를리니가 왕태자비였다는 사실을 모두 알고 있었다. 선왕이 어떤 이유로 승하했는지도 알 만한 사람들은 다 아는 내용이었다.

사전에 메를리니가 이야기꾼에게 사건의 뒷내용을 퍼트리도록 시킨 덕이었다. 그래서 대부분의 백성들은 다이헤르 제국이 어떤 식으로 루티아르 왕국에 영향을 미치고 있는지 인지하고 있었다.

반역죄라는 무거운 관념만 없었다면 많은 백성들이 메를리니에게 왕비님이라는 호칭을 붙여서 연호했을지도 몰랐다. 문득 메를리니는 이전번에 데레니아가 전했던 말이 떠올랐다. 머릿속에 그려진 생각을 가느다란 목소리로 작게 속삭였다.

"왕은 왕이 만드는 게 아니지만, 왕비는 왕이 만드는 것……."

이내 메를리니는 자신을 바라보고 있는 레이드와 마주 바라봤다. 사랑으로 모든 게 가능하지는 않지만, 사랑이 존재한다면 가능하게 만들 수는 있었다. 그것이 추악하고 거짓된 세상에서 홀로 정직한 자태를 간직한 진실이리라.

레이드와 메를리니가 함께 순시를 도는 장면이 레필타 전역을 강타하고 얼마 지나지 않아, 중앙귀족의 거두 잭스 도크 후작의 장남 게리슈가 왕비의 적법성을 증명해달라며 청원했다. 그러나 왕비 에리 및 그녀를 따르는 세력의 방해 공작으로 뜻을 이루진 못했다.

그래도 무려 재판이라는 과정에까지 올랐던 사건이었기에 많은 이들의 기억에 자리 잡게 되었다. 다음 파장으로 이어지는 계기를 마련해 준 것이다.

그로부터 이틀 뒤, 작은 외침이 중앙광장에 울려 퍼졌다.

"왕비가 되셨어야 할 분은 메를리니 폰 루티아 님이 아닙니까!"

젊은 귀족 벤 아란체 자작이 중앙광장에서 게리슈 도크의 의지를 이어 주장하고 나서면서 문제가 다시 불거졌다. 작은 울림이 있고 얼마 지나지 않아 괴기한 소문이 나돌았다. 메를리니와 벤이 밀서를 주고받는다는 이야기였다.

소문이 퍼지자 메를리니는 극구 부인했다. 자칫 잘못하면 소문이 더 심하게 돌아다닐까 봐 소문의 근원을 찾는 데 주력하기도 했다. 실제로 많은 이들이 붙잡혀 와 심문을 받았지만 별다른 성과는 없었다.

그녀는 이 사실을 최측근 몇몇에게만 귀띔해 주었다. 그 외에는 아무에게도 알리지 않았다. 그녀가 벤과 우호관계를 가짐으로써 얻는 이득은 다양했다. 벤의 가문인 아란체 자작가는 도크 후작가 다음 가는 재력가였으며, 가주인 벤도 상당한 수완가였다. 무엇보다 그는 메를리니를 지지하는 친토속파였다.

"그를 직접 만나서 이야기를 나눠봐야겠어."

메를리니는 벤과 약속 일자를 맞췄다. 마침 벤도 메를리니를 직접 만나 뵙고 진중한 이야기를 나눌 참이었다.

이튿날 아침, 메를리니는 왕궁을 나와 길거리를 누볐다. 왕궁 정문을 나와 좀 걸으니 계단에 앉아 류트를 타며 노래를 부르고 있던 소년이 보였다.

유지니가 작은 금화를 소년의 손에 쥐여 주었다.

"안내해드리겠습니다."

소년은 자기가 모시는 분의 보금자리가 근처에 있다며 길안내를 했다. 구석진 골목을 지나 갈색 지붕으로 덮인 집으로 들어섰다. 건물 안은 다양한 종류의 와인으로 가득했다. 묽은 포도향이 진동해서 머리가 다 지끈거릴 지경이었다.

메를리니도 메를리니였지만 후각이 보통 사람보다 뛰어난 유지니는 정말 곤욕이었다.

이윽고 들어왔던 문으로 소년이 나가고, 몇 분이나 흘렀을까. 누군가가 똑똑, 노크를 하고 안으로 들어왔다.

마른 체형에 가는 눈매가 인상적인 사내였다. 메를리니는 그가 벤 아란체임을 단박에 알아봤다. 아니, 정황상 그가 벤 아란체여야 맞았다.

"이렇게 만나 뵙게 되어 영광입니다, 메를리니 폰 루티아 왕비님."

고개를 숙이며 정중히 인사를 올리는 것까지 모두 절도에 맞는 고귀한 행동거지였다. 특히 후궁인 메를리니를 왕비라고 치켜세워 준 것이 마음에 들었다. 메를리니는 만족스러운 얼굴로 벤과 대면했다.

"저를 만나 보고 싶다고 한 연유가 무엇인가요? 그것도 본인이 직접 찾아온 것도 아니고, 저를 바깥으로 불러야 할 정도로."

"그 점에 대해선 깊이 반성하는 바입니다. 하나 메를리니 님께 비밀리에 저의 의사를 밝히기 위해서는 어쩔 수 없었습니다. 아무래도 보는 눈이 많았기에."

그건 그랬다. 데레니아와 에리의 감시망은 견고하고 또 치밀했다. 이번 외출에도 미행자가 끊이지 않았다. 골목으로 들어온 뒤에도 소년이 요리조리 이끌지 못했다면, 따돌리지 못했을 정도로.

메를리니는 턱을 괸 채 벤을 바라봤다.

"그래서 공의 요지는 어떻게 되는 건가요?"

"제국의 횡포를 더는 볼 수 없습니다. 단도직입적으로 말씀드리겠습니다. 저는 제국이 싫습니다. 그들이 우리 루티아르를 헤집고 다니는 게 못마땅합니다. 저와 뜻을 함께하는 이들도 많습니다. 지금의 왕비를 내리고 메를리니 님을 그 자리에 올려드리고 싶습니다. 개혁이라고도 할 수 있는 이것은 정당한 길이라고 생각됩니다."

"방법은? 묘안이 있나요?"

"우선 메를리니 님을 지지하는 세력이 많다는 걸 보여야 합니다. 먼저 제가 동지들을 모아서 분명한 선을 긋도록 하겠습니다."

"네. 그럼 믿고 맡겨보죠."

둘의 은밀한 만남은 이번이 마지막이었지만, 이후로도 서신은 가끔씩 주고받았다.

2주 뒤, 메를리니를 지지하는 귀족파와 에리를 따르는 귀족파가 대대적인 갈등의 불씨를 올렸다. 이 분위기는 끝을 모르고 심화되기 시작했다.

심지어 양측은 각각 옷 색깔을 정해 놓고 행동하기도 했다. 메를리니의 추종자들은 그녀를 상징하는 붉은색으로, 에리쪽은 보라색의 옷차림으로 대립했다. 대부분 귀족 가문의 젊은 자제이거나, 혹은 젊은 귀족이었기 때문에 혈기 왕성한 이 대치 상태가 쉽게 풀리진 않았다.

한 번은 긴장이 절정에 이르러서 생명의 위협을 느낀 귀족들이 대립의 추에서 빠져나가는 경우도 발생했다. 그렇게 갈등이 심화되는 가운데도 메를리니는 벤에게 자제하라는 말을 전했을 뿐, 중지를 요하진 않았다. 실제로 세력이나 국민의 지지도도 메를리니 쪽에 있었기 때문에 큰 문제는 없다고 판단했다.

다시 일주일이 더 흐른 뒤에야 메를리니가 직접 나서서 선한 역을 맡았다. 그녀는 두 파벌 간 중재자 노릇을 자청하며 당장 모든 분쟁을 중단해 달라고 촉구했다.

그러자 벤이 중앙광장으로 동료들과 함께 모여서 마지막 선언을 했다.

"제가 국왕 전하를 직접 만나 뵙고 우리의 의지를 전하겠습니다!"

그건 메를리니의 중재에 맞지 않는 행동이었으나, 사실은 이미 메를리니가 조율한 것이었다. 메를리니는 미리 레이드를 설득해 놓고 벤에게 나설 것을 부탁했다. 그렇게 벤은 국왕을 알현한 자리에서 자신들의 입장과 더불어 메를리니의 정당성을 역설할 수 있는 기회를 잡았다.

자신감이 충만했던 벤은 레이드와 마주한 성스러운 자리에서 열변을 토했다. 아직은 때가 아니다 여긴 레이드는 애매한 태도를 취했으나, 그것만으로도 충분했다.

어찌 됐든 정실 왕비는 존재했고, 그게 메를리니는 아니었다. 그리고 그 맹점과 현 상황의 오묘함은 에리의 감정선을 자극하기에 충분하다 못해 넘쳤다.

알현을 마치고 자신의 저택으로 돌아가던 중, 벤은 몸이 찌릿찌릿해서 소리를 내질렀다.

"아! 드디어 됐구나!"

자신의 의지가 관철됐다는 기쁨의 표현이었다. 그러나 그것은 그가 이승에서 내뱉은 마지막 말이 되었다. 어디서 날아왔는지 가늠조차 되지 않았다. 한순간에 그의 목에 구멍이 뚫렸다.

바람구멍 사이로 핏물이 흘러내렸다. 벤은 새빨갛게 물든 손으로 목을 어루만지며 바닥에 고꾸라졌다.

벤은 융통성이 다소 부족했지만 평소 꺾이지 않는 올곧은 심성에 머리도 좋았던 젊은 인재였다. 그러나 그의 아버지가 제국을 방문했다가 내전에 휩싸여 죽고 미처 준비되지 못한 채 작위를 물려받은 탓도 있었다. 복수와 신의. 무엇 하나 빠지지 않고 챙기려 했기에 너무 앞서 나간 감도 없지 않았다.

벤의 죽음 소식을 들은 메를리니는 한숨을 푹 내쉬었다. 그녀는 레이드의 허락을 받고 친히 벤의 장례식이 치러지고 있는 하란체 가문의 저택으로 향했다. 그날은 근 일주일 중 가장 화창한 날씨였다. 장례식의 슬픔을 가리기에 나쁘지 않았다.

중앙광장을 지날 즈음이었다.

날카로운 화살이 메를리니의 콧잔등에 닿을 듯 말듯 스쳐 갔다.

"······."

유지니를 비롯한 병사들이 서둘러 메를리니를 에워싸고 주변을 경계했다.

"마마, 위험합니다. 아무래도 이번은 미루심이······."

"유지니, 그거야말로 적이 바라는 것이란다. 나를 겁주려는 의도 말이야."

"그렇지만 이전 독약 건도 그렇고, 불안합니다."

메를리니는 콧잔등을 슥 어루만졌다.

"내 목숨을 앗아갈 생각이었다면 이렇게 쏘지는 않았겠지. 아마 활잡이는 완벽한 훈련을 거듭해 온 명사수일 터. 유지니, 너도 그렇고 생각하지?"

"네. 제가 낌새를 못 느꼈을 만큼, 보통 실력이 아닙니다. 하나 다음은 없습니다."

유지니는 입술을 질끈 깨물었다. 활의 신이 찾아왔을지 언정 감히 이분에게 위해를 가하게 만들 순 없었다. 그건 한 번으로 족했다. 그녀가 진심으로 임한 지금 어떤 위험도 그분을 위험하게 만들 수 없었다. 또 한 번의 화살이 이번에는 메를리니의 이마를 노리고 날아왔다.

유지니의 단검이 반원을 그리며 정확히 화살의 몸통을 베어 버렸다. 반으로 부러진 화살이 바닥으로 떨어지기 무섭게 하나가 더 날아왔다. 그러나 그것도 유지니가 휘두른 단검에 튕겨져 날아갔다.

"콧잔등, 이마, 입술. 정확히 마마의 얼굴의 한 부분씩을 스쳐 가도록 날아왔습니다."

"역시 나를 죽이겠다는 것보다는 겁주려는 것 같지?"

"네. 역시 길을 무르시는 게 좋다고 생각됩니다."

"아니. 이대로 장례식을 찾아갈 생각이야. 다음에도 화살이 날아온다면, 보호막을 쳐서 막을 테니 너는 상대의 위치를 파악하렴. 그 이후에 또 날아온다면, 알지?"

"네. 마마의 명예를 지켜드리고 말겠습니다."

유지니는 단검 두 자루를 꾹 쥐었다.

이윽고 두 사람은 기다렸다는 듯 화살에 반응했다. 메를리니가 종목걸이를 이용해 보호막을 만들어 내 화살을 튕겨 냈을 때, 유지니의 눈동자는 정확히 화살이 날아온 방향으로 꽂혀 있었다.

두 번째 화살이 시위를 벗어난 순간, 유지니가 몸을 낮추고 달리기 시작했다. 화살이 보호막에 튕겨 나갈 때 유지니의 전신은 어느새 다음 화살을 장전 중이던 사수의 정면이었다.

사수의 동공이 커졌다.

"제길. 뭐가 이렇게 빠른 건데……?"

"놓치지 않습니다."

유지니가 휘두른 단검이 허공을 갈랐다.

자신에게 다가오는 공격을 가까스로 피해 낸 사수는 그대로 활을 장전해서 유지니에게 발사했다.

피슉—

유지니의 오른쪽 뺨을 스치고 핏물이 튀었다.

"우선 다리부터."

유지니는 무표정하게 사수의 왼쪽 다리를 베어 버렸다.

"크윽!"

"다음은 팔."

표정에 감정의 느낌이 전혀 보이지 않았다. 아무런 머뭇거림 없이 사수의 오른팔에 긴 상처를 남겨주었다.

"끄…… 이, 이대로는……."

"다음은 오른 다리."

"쳇……."

사수는 품속에 숨겨 뒀던 알약을 꺼내서 입에 물었다. 그는 미간을 떨더니 눈을 몇 번 깜빡거렸다. 고통이 심장에서부터 목구멍으로 튀어나올 듯 쿵쾅거렸다. 유지니가 낌새를 알아차리고 약을 뱉어버리게 하려 했지만 이내 손길을 멈췄다. 이미 사수의 숨이 멎어 있었다.

유지니는 메를리니에게 사수가 죽었다고 보고했다. 한숨을 내쉬는 얼굴에 아쉬움이 묻어났다.

그러자 메를리니가 빙긋 웃으며 말했다.

"유지니, 이전번 대관식에서 화살 사건 기억하니?"

"네. 성스러워야 했을 자리를 더럽힌 그 사건은 결코 잊을 수가 없습니다."

"그때도 화살을 날렸던 범인이 도망쳤었다지. 활 솜씨도 그렇고 자살을 하는 행위까지 그때와 엇비슷한데. 이게 과연 우연일까? 아무래도 동일인이 시킨 일이겠지."

메를리니는 턱을 괴더니 눈썹을 약간 움직였다.

　루티아르의 정실 왕비 에리는 중앙귀족들의 비난과 이런 저런 소문들에 굉장히 민감했다. 그녀는 자신이 루티아르의 왕비였고, 또 그 자격도 충분히 갖추고 있다고 여겼다. 그래서 메를리니가 후궁으로서 대우를 받아가며 여러 소문을 만들어 내는 것이 못마땅하다 못해 화가 났다.

　"후우, 정말이지."

　에리의 심경은 매우 복잡했다. 인정하기는 싫었지만 루티아르 왕국에서는 에리보다 메를리니를 루티아르 왕실의 안주인에 적법하다고 생각했다. 정당성? 그런 막연한 생각이 자꾸만 머릿속을 맴돌았다.

　에리는 손거울로 얼굴을 들여다봤다.

　"내 얼굴이 왜, 어디가 어때서?"

　여자로서도 에리는 메를리니에게 경쟁의식을 느꼈다. 미모 면에서 상당히 뛰어나다고 명성이 자자했던 메를리니가 영 거슬렸다. 특히 메를리니는 에리보다 먼저 레이드와 사랑을 나눴다. 아니, 애초에 에리는 레이드와 사랑을 나눈 적이 있었던가.

"후우. 그걸 가져 오거라."

에리는 궁녀가 가져온 책을 펴서 무릎 위에 올려놓았다. 그녀는 한여름 밤의 꿈이라는 제목의 감성소설을 가장 좋아했는데. 이 소설의 여주인공은 유부남을 꼬시는 데 성공하는 매력적인 여성이었다.

에리는 가끔씩 생각했다. 그 소설에 나온 여주인공 애니메보다 자신이 못난 건 없다고. 레이드의 보는 눈이 정말 엉망이라고.

"몇 시지?"

"3시입니다, 마마."

"슬슬 오겠구나."

에리는 손짓으로 화장을 하라고 명했다. 궁녀 몇몇이 다가와 에리의 얼굴에 분을 묻히는 등, 치장하는데 도움을 주었다. 차츰 에리의 얼굴이 더욱 아름답게 꾸려지기 시작했다.

그렇듯 그녀가 어느 모로 보나 흠잡을 데 없이 우아한 여성인 건 맞았다. 자수 실력이 훌륭했고, 몸치장도 머리에서 발끝까지 늘 완벽한 여성이었다. 학문에는 무지했지만 음악, 춤, 발레 등 기교에도 솜씨가 대단했다.

그럼에도 에리가 메를리니를 두렵다고 여긴 이유는 분명

한 근거에 의거하고 있었다. 궁녀들이 말하기를, 메를리니는 처세술에 능했으며, 늘 우아하고 위엄 있는 자태를 자랑했다. 동시에 친근감이 느껴지는 여성이기도 했다.

"그딴 것쯤 나한테도 충분하다고."

에리는 욕망, 갈망이 도드라지는 여인이었다. 감정 조절이 서툴러서 변덕이 죽 끓듯 했고 시기심과 미움, 질투가 심했다. 그래서 속마음을 잘 숨기지 못했으며 조금이라도 스트레스를 받거나 장애에 부딪치면 습관적으로 우울하거나 화가 났다.

이내 입을 비죽이며 인상을 구겼다. 화장이 살짝 일그러졌다가 다시 부드럽게 펴졌다.

"오셨군요."

"예. 에단 키라트 인사드립니다."

"에단 키라트 경이 와서 얼마나 다행인지 모르겠어요."

"하늘은 푸르고 땅도 푸릅니다. 저희 바람의 기사단이 가는 길에는 영광만이 함께 하지요. 개인적으로는 아직 마무리 못한 일이 있었으나, 황제 폐하께는 큰 은혜를 입은 몸. 누이 되시는 왕비 마마를 위해서 이 한 몸 바칠 각오도 마쳤습니다."

저 자신하는 모습이야말로 수식어에 바람이라는 단어가

들어가는 이들의 전매특허였다. 에리는 어깨를 가볍게 으쓱거렸다.

*　　*　　*

에리가 바람의 재상에게 부탁해 에단 키라트를 소환한 데에는 여러 이유가 있었다.

에단은 제국에서 제일가는 궁수라고 칭찬이 자자한 사내였다. 실제로 그가 눈에 보이지 않을 거리에 놔둔 사과를 꿰뚫었다는 소문도 있었다. 활솜씨가 당대 최고인 사내가 필요한 이유는 역시 뭔가를 노리겠다는 의지였다.

그러나 진짜 이유는 메를리니의 행보 때문이었다.

메를리니는 측근들로 하여금 수차례 전국을 돌아다니게 하고 있었다. 그들은 각각 떠맡은 임무가 제각각이었다.

몇몇은 숨 가쁘게 돌아가는 일상을 대변하듯 국민들을 만나는 기회를 가졌다. 백성들이 어떤 의식을 가지고 살아가는지 확인하기 위한 조치였다. 주로 남부와 서부에 위치한 도시와 마을을 방문하곤 했다.

리케드나도 그중 한 사람이었다.

"조금만 쉬었다 가죠."

리케드나와 일행은 나무 그늘 아래에서 휴식을 취했다. 궁녀는 왕실에 소속된 몸. 궁녀장이었더라도 별개의 허락 없이는 바깥으로 나올 수 없었다.

특별히 메를리니가 허가를 내려준 덕에 먼 서부까지 나올 수 있었다. 그녀가 이렇게 먼 곳까지 나온 이유는 자기의 가문인 모브리에 백작가의 영역권을 다지기 위함이었다.

"물 좀 주세요."

"넵. 여기 있습니다."

리케드나와 동행했던 사내들은 서너 명이었다. 일반 평민의 옷차림이었지만 검을 차고 만전을 기한 호위병으로, 메를리니가 특별히 붙여 준 일당백의 실력자들이었다.

새삼 리케드나는 메를리니의 배려를 되새겼다. 리케드나는 얼마 전 메를리니가 생명의 위험을 겪었다는 것 또한 잘 알고 있었다. 그랬음에도 자신에게 가장 뛰어난 호위들을 붙여 준 씀씀이에 감사했다.

"잠시 간단하게 허기를 달래고 가죠."

"넵. 어떤 걸 드시겠습니까?"

"마른 고기가 쫄깃쫄깃해서 좋더군요."

"넵. 그럼."

호위병은 보따리에서 마른 소고기를 꺼내 왔다. 소식을 즐기는 리케드나를 위해 몇 조각만을 적당하게 챙겨주었다.

리케드나는 소고기 육포를 입에 물고는 빙그레 웃었다. 궁녀로서 결혼도 못할 신세라고 보기엔 정말이지 환한 얼굴이었다.

따로 차출된 게 아닌, 귀족 가문의 자녀로 태어나 궁녀가 된 이들은 대개 왕비의 자리를 꿈꾸곤 했다. 적어도 후궁 정도는 돼야 보다 높은 자리를 바라볼 수 있었다. 처음에는 리케드나도 그런 마음가짐을 품고 살아왔다. 언제고 자신에게도 기회가 오지 않을까, 하는 막연한 기대였었다.

"슬슬 출발하죠."

병사들은 짐을 꾸리고 리케드나를 호위했다. 말도 없이 이동하는 길이었지만 그 누구 하나 불평을 늘어놓지 않았다. 며칠간의 여정 동안 여성인 리케드나가 힘든 내색하지 않고 함께 걸어 다녔던 게 병사들에게 큰 귀감이 됐다. 본디 계급에 대한 자존감이 깊었던 리케드나였지만, 메를리니라는 상전을 만나고 차츰 달라졌다.

메를리니는 예법을 중시하는 편이었지만 어디까지나 거리를 둔 이들에게 차갑게 구는 정도였다. 왕태자비였을 때도 그랬고, 후궁으로 자리한 뒤로도 가까운 이들에게는 살갑게 대해 주었다.

그래서 자기편이라고 생각한 궁녀들과는 스스럼없이 지냈다. 리케드나에게도 초반에는 짓궂게 대했지만, 차츰 둘의 관계가 원만해지면서 대화나 행동의 온기도 변화했다. 그쯤 리케드나는 메를리니의 그릇과 포용력에 감탄했다.

아마 그때부터였을 것이다. 리케드나가 왕비가 되겠다는 욕망을 고이 접었던 것은.

"페일, 구름이 회색빛을 띠네요."

"넵. 비가 올 것 같습니다. 어찌하시겠습니까?"

호위 무리의 대장직을 맡고 있었던 페일은 위아래를 확실히 하는 사내였다. 그는 윗사람인 리케드나의 의사를 최우선으로 행동했다. 리케드나도 그 점이 불편하거나 꺼려지진 않았다. 본디 그녀 또한 궁녀장을 떠나서 귀족의 신분이었으니까.

"이제 얼마 남지 않았으니 서둘러 가죠."

"넵. 그럼 그렇게 하겠습니다. 조금 빠르게 가시게 될 텐데, 괜찮으시겠습니까?"

"비를 맞는 것보다는 낫죠."

일행은 소나기가 내릴 즈음, 모브리에 가문의 저택에 도착했다. 루티아르 왕국 서쪽에서 꽤나 영향력을 행사하는 가문답게 저택도 으리으리했다. 궁녀가 된 이후로 한 번도 방문할 수 없었던 고향집 정문을 지나면서 리케드나는 만감이 교차했다.

부모님이 비를 맞아가며 마중을 나온 걸 보니 왈칵 눈물이 쏟아졌다. 빗물인지 눈물인지 모를 감격에 몸을 가누기 힘들었다. 페일의 부축을 받아 부모님과 마주했다.

부모님은 리케드나의 손을 부여잡고 눈물을 흘렸다.

리케드나는 이내 메인 목으로 겨우 입을 열었다.

"어머니, 아버지……."

"그래, 잘 돌아왔다."

"어찌 말도 타지 않고 걸어서 온 것이니? 다리는 괜찮고? 옆의 분들은 일행이니?"

"네. 빈궁 마마를 모시는 호위 병사 분들이에요."

리케드나의 어조는 부드럽고 낮았다. 내심 그녀의 부모님은 딸이 달라졌다는 것에 위화감을 느끼면서도 기분이 좋았다. 예전 같았으면 호위병에게 분들이라는 호칭을 붙여줄 딸이 아니었다. 기가 너무 세서 한편으로는 걱정이곤 했는데, 참으로 다행스러운 일이었다.

"일단 안으로 들어가자꾸나."

리케드나의 아버지 개리 모브리에는 뒤따라오는 딸의 모습을 흘끗거리고는 이내 희미하게 웃음을 머금었다. 세간에선 그가 권력을 증진시키기 위해 딸을 궁녀로 들였다는 풍문도 있었으나, 사실 그는 권력욕이 너무 없어서 탈인 사람이었다.

리케드나가 궁녀로 들어갔던 것도 자기 스스로 선택한 일이었다. 모브리에 가문이 왕국 서부의 힘 있는 유지는 맞았지만, 개리는 그 이상의 가치를 누릴 욕심이 없었다.

이윽고 젖은 몸을 정돈하고 별실로 나온 리케드나를 아버지 개리가 맞이했다. 그는 텁텁한 커피를 조금씩 음미하고 있었다. 테이블에 마련해 뒀던 다른 커피 잔은 리케드나의 것이었다. 리케드나는 밀크커피의 부드러운 향기를 코로 후우, 맡았다.

"제가 즐겨 마시던 걸 기억하고 계셨네요."

"그걸 기억하지 못한다면 아버지로서 실격이겠지."

"후훗, 아버지, 편지는 보셨죠?"

개리는 창가 너머로 쏟아지는 빗살을 바라봤다.

"많이 변했더구나. 설마 네가 남작가의 여식으로 출발하셨던 빈궁 마마를 진심으로 인정했을 줄이야. 세월이 그만큼 지난 것인지, 아니면 네가 모시는 빈궁 마마의 도량이 넓은 것인지. 무엇이었든 딸의 변한 모습이 나쁘진 않구나."

"그릇의 차이란 걸 믿지 않았던 저이지만, 그분의 그릇은 정말 크다고 느끼는 중이에요. 모시는 보람을 느끼게 해주시는 분이세요."

진지하면서도 흔들림 없는 어조였다.

개리는 커피를 한 모금 마시고는 리케드나를 바라봤다.

"그래, 네 생각은 잘 알겠다. 하나 이 점만은 확실히 해야 하지 않겠느냐? 어디까지나 네가 모시고 있는 사람은 메를리니 폰 루티아 후궁이시고, 대적해야 할 상대는 에리 폰 루티아 왕비이시다. 그 뒤에는 다이헤르 제국이 통째로 있다고 해도 과언이 아니지. 서신을 통해 밝힌 대로 네가 원하는 것은 우리 모브리에 가문을 비롯해 루티아르 서쪽 세력이 합세하는 것이 아니더냐. 이 위험한 도박이 우리 모두를 걸 만한 가치가 있을지 그게 궁금하구나."

"잔혹의 여왕 제시 크리바흐. 저는 빈궁 마마의 모습에서 역사상 가장 위대한 여왕 중 하나를 떠올리곤 해요. 집안의 원조 하나 없이 그분이 지금까지 일궈낸 행보는 정말 감탄을 자아내죠. 형편없이 자존심만 셌던 저는 그분에 비하면 그저 가문의 힘을 등에 업은 우물 안 개구리였

어요. 그걸 깨닫고 인정하고 나니 어찌나 마음이 편해지던
지……."

딸의 성장한 면모에 개리의 입가에 미소가 드리웠다.

"결국 피는 못 속이는가 보구나. 이 애비도 오래전부
터 그런 마음가짐이었단다. 그래서 지금도 편안하게 우리
의 땅을 보존해가고 있지. 그 평화를 그대로 유지할 것인
지, 좀 더 높은 곳으로 갈 것인지. 아직은 고민되는구나. 당
장 답해 줄 수 없는 문제이니, 일단 오늘은 그만 쉬도록 해
라."

"네. 아버지의 선택을 믿고 있겠습니다."

리케드나는 정중히 인사를 드리고 자신의 방으로 돌아왔
다. 푹신푹신한 침대에 몸을 눕혔다가 곧 의자에 가 앉았
다.

똑똑—

누군가 문을 두드렸다. 누구냐고 물으니 한참 있다가 대
답이 돌아왔다.

"페일입니다. 들어가도 되겠습니까?"

"네. 들어오세요."

페일은 조심스럽게 문을 열어서 들어왔다.

"이거 늦은 시각에 괜한 실례를 드리는 게 아닌지."

"이미 들어와 놓고 하실 말씀은 아닌 듯하네요. 차 한잔 하시겠어요?"

"모브리에 가의 영애께서 주시는 걸 마다할 순 없지요."

"농담하시는 재주는 없으시네요. 자, 고향까지 호위해 준 답례예요."

리케드나가 준비해 준 차는 유자차였다.

페일은 유자차의 시큼한 맛에 눈살을 살짝 찌푸렸다가 풀었다. 톡 쏘는 맛에 정신이 번쩍 드는 기분이었다.

"어때요? 조금 시큼하긴 해도 먹을 만하죠? 아직 제철은 아니지만 워낙 서부에서 유자는 유명한 과일이라, 작년에 묵혀뒀던 걸로 만든 유자차라 제법 맛이 있을 거예요."

"하하…… 이게 조금 시큼한 거군요. 그래도 먹을 만은 합니다."

"계속 드시다 보면 익숙해지실 거예요. 얼마간은 이곳을 중심으로 서부의 귀족들을 더러 만날 계획이니까요."

리케드나의 얼굴에는 기대감으로 충만했다. 앞으로 더 누구를 만나게 될 지라도, 자신이 모시는 사람을 위해 힘껏 노력하겠다는 의지가 엿보였다.

페일이 고개를 갸우뚱하며 물었다.

"굳이 그렇게까지 하실 필요가 있습니까? 빈궁 마마께서 훌륭하신 분이란 데에선 저도 이견이 없습니다만. 리케드나 님의 정성은 제 생각을 더욱 웃도는 것 같습니다. 모브리에 가문을 넘어서, 지령에도 없었던 서부 전체에 대한 가능성이라니. 궁녀장이 가문의 힘만으로 일구어내기엔 다소 무리한 게 아닐는지요. 물론 저는 리케드나 님의 재량을 믿습니다만."

"페일 경은 빈궁 마마를 모신 지 얼마나 됐나요?"

"아, 저는 경이 아닙니다. 호위병일 뿐, 기사는 아닙니다. 그리고 빈궁 마마를 모시기 시작한 것은 에티로카로 향하던 시기였습니다."

"그렇담 저보다는 경력이 짧으시네요. 저는 빈궁 마마께서 왕태자비에 봉해지셨을 때부터 옆에서 모셨답니다. 그때부터 참 여러 가지 사건들을 많이 겪어왔죠."

리케드나는 기억의 보따리를 주섬주섬 끌어안듯 이전 일들을 되새겨보았다.

"유리 그림자 산맥에서 인질로 잡혔던 것에부터 어인섬과 해적소굴도 다녀와 봤죠. 동서고금을 막론해서 그 어떤 역사서에서도 이런 왕태자비나 후궁은 본 적이 없어요. 더욱이 남작가의 여식으로서 가문의 지원을 하나도 받지 않은 상태에서 지금의 전력을 마련해내셨죠."

리케드나는 테이블에 올려놓았던 서책을 폈다. 이미 뭔지 모를 내용으로 빽빽하게 채워져 있었다.

페일이 뭐냐고 묻자 리케드나는 한번 읽어보라고 권했다.

대체 무슨 내용이길래 그러시냐는 식이었던 페일은 서책을 펴보자마자 눈동자가 동그랗게 커졌다.

"이, 이건……."

"네. 메를리니라는 한 여성의 인생을 담아낸 전기예요. 비록 저의 시선에서 기재된 내용이지만, 이래봬도 나름 그분의 궁녀장이니까요. 일거수일투족 모르는 게 없죠. 가려서 적어야 할 것도 잘 알고요."

리케드나는 가볍게 어깨를 으쓱거렸다. 틈틈이 써왔던 전기를 처음 공개한 것이라 떨리기도 했지만, 내심 뿌듯한 그녀였다.

"이 한 권이 1부이군요. 앞으로 몇 권을 더 생각 중이십니까?"

"가능하다면 계속요. 아마 모르긴 몰라도 빈궁 마마의 인생은 앞으로 더 파란만장한 일대기를 보내지 않으실까, 그런 생각이 들어요. 그때마다 저는 궁녀장으로서 그분의 옆에서 지켜본 바를 글로 적어내리고 있겠죠. 상상만으로 행복하고 기대가 돼요."

"그런데 어찌하여 제목이 붉은 여제인 것입니까?"

"붉은 왕태자비, 붉은 왕비, 붉은 여왕. 많은 단어를 생각해봤는데. 잔혹의 여왕 제시 크리바흐보다도 드높은 존재가 되지 않으실까 하는 막연한 상상이 들더군요. 뭐 아직 전기 완성본도 아니니 제목은 마지막 내용을 적고 난 다음 바꿔도 늦지 않으니까요. 우선 1부만이라도 부모님께 보여드리고 다시 설득해볼 참이에요."

리케드나는 페일에게서 책을 돌려받고 마지막 페이지 끝자락에 모브리에 가문을 상징하는 도장을 박아 넣었다. 그리고 페일에게 아버지께 가져다주라는 부탁을 할 참이었다.

그때 창문이 쨍그랑 깨지는 소리와 함께 페일의 가슴팍에 화살이 박혔다. 미처 대응하지 못한 페일은 거친 숨을 토해내며 바닥에 쓰러졌다.

"페, 페일?"

리케드나는 황급히 페일의 몸 상태를 살폈다. 이미 숨을 거둬버린 페일을 확인하는 그녀의 두 손이 그대로 경직됐다. 2층 창문으로 화살을 날린 복면의 인물이 어느새 리케드나의 뒤를 점하고 있었다. 소란을 듣고 병사들이 달려오고 있는 소리가 얼핏 들려왔다.

"목숨까지 빼앗을 생각은 없었지만, 상황이 상황이니 어쩔 수 없소. 리케드나 모브리에 궁녀장, 잘 가시오."

차가운 화살촉이 리케드나의 목덜미에 꽂혔다.

"빈궁 마마……."

한 손으로는 목을 관통한 화살을 어루만졌고, 나머지 한 손으로는 붉은 여제의 전기가 기록된 서책을 꼭 안았다. 어찌나 필사적으로 챙겼던지 뭔가 싶어 뺏으려고 했던 복면의 괴한도 일찌감치 포기했다.

"딱히 당신에게 원망이 있었던 것도 아니요. 내 이름은 에단 키라트. 저승에서 얼마든지 욕을 퍼부으시오."

에단은 아직 온기가 남은 두 시체를 뒤로하고 자리를 벗어났다.

깨진 창가로 빗물이 추적추적 들어왔다. 금방 그칠 줄 알았던 소나기는 밤새 쏟아졌다. 어둡게 가라앉은 하늘도 슬픔을 알고 있었다.

*　　*　　*

리케드나의 죽음으로 메를리니의 분노는 하늘을 찔렀다.

직접적으로 나타내지는 않았지만 그녀를 만나는 사람들은 그녀가 얼마나 화가 났는지 인지할 수 있었다.

아르펜도 그중 한 사람이었다. 그는 어떻게 해야 제국에 이득이 되는지를 본능적으로 재보곤 했다. 평소 메를리니만큼 현명한 여인을 본 적이 없었다며 극찬했던 만큼, 사태의 심각성이 어느 정도인지 잘 알고 있었다.

그럼에도 불구하고 누이동생이 벌이는 치졸한 행실이 이곳저곳에서 이유 없이 터지는 걸 막기엔 무리가 많았다.

사실상 리케드나의 죽음 이후로 메를리니와 에리의 관계는 살얼음판을 걷는 듯 아슬아슬했다. 비록 정실 왕비와 후궁이라는 뚜렷한 격차가 있었지만, 국왕이 사랑하는 여인은 후궁이었고, 전체적으로 민심도 후궁의 편을 들어주고 있었다. 메를리니 또한 리케드나를 애도하면서도 그녀의 죽음을 이용하여 민심을 모으는 걸 잊지 않았다.

세간의 소문을 통해 그런 사실을 눈치챈 아르펜은 더는 지체할 수 없다고 여겼다. 결국 두 손 두 발 다 들었다는 듯 형 페르만에게 이렇게 보고했다.

[황제 폐하, 간단히 말씀드려서 지금의 사태는 언제 터질지 모를 폭탄과도 같습니다. 이와 관련하여 제 선에서는

해결할 수가 없음을 알리는 바입니다. 부디 폐하의 혜안으로 하여금 이 난관을 허물고 제국의 영광에 빛이 내려앉을 수 있게 되길 기원드립니다.]

즉, 자신의 손을 떠난 상황이라는 말이었다. 실제로 아르펜은 두 여인의 중간에 껴 있는 지금으로선 자신이 할 수 있는 게 많지 않다고 여겼다.

한 달 뒤, 드디어 본국으로 귀환하라는 명을 받고 아르펜은 숨을 돌렸다. 그의 후임은 처세술이 뛰어난 문관이자 황제의 스승이었던 3재상 레페리 데미우스였다.

제2장

외다리 어릿광대

『곡예나 연극이 시작되기 전, 막간에 나와 우습고 재미있는 몸짓을 보이는 어릿광대라는 직업이 있다. 우스꽝스러운 행동을 보인다고 마냥 무시하면 큰코다친다. 그 남자만 해도 자신을 비웃은 이들의 코를 잔인하게 처리해 버렸으니까. 그에게 장난삼아 농담을 던졌다가 오른 무쇠다리에 한 대 맞고 정신이 아찔했던 기억이 아직도 생생하다.

　　　　　　　　　　　　　　　-바람의 재상 레인 디너즈-』

　다이헤르 제국의 황제 페르만은 주로 사실에서 혼자 식사를 했으며 전용 주방을 따로 두었다. 평소에는 정말 중요한 손님이 찾아오더라도 홀로 식사를 마치는 편이었다.

　어릴 적부터 야심이 돋보였던 페르만을 억제하기 위해 선대 황제의 지시했던 것이 고스란히 습관으로 새겨진 케이스였다.

　첫째 황자와 셋째 아르펜, 막내 에리와 달리, 페르만은 유난히 사랑을 받지 못하고 자랐다. 전쟁의 씨앗이라는 예언을 받은 탓이었다.

페르만은 옛 생각이 나 비릿한 웃음을 머금었다.

전쟁의 씨앗이라고 예언을 내렸던 저명한 예언가는 황제 즉위 후, 즉각 처결했다. 예언가의 제자들이 도망쳤다는 소식을 듣고는 가장 악랄하고 지독한 추격자들을 보내 모두 처리해 버렸다는 일화는 페르만의 악명을 드높여주는데 일조했다.

"자문관, 오늘은 누가 올 예정이었지?"

"바람의 재상과, 에리골 후작, 마티나 후작입니다."

"그렇군."

페르만은 아주 공식적인 행사가 있을 때에만 알현실에서 다른 이들과 식사를 같이 했다. 잠시 후 찾아올 식사 자리는 공식적인 행사는 아니었지만, 좀처럼 없는 황제와의 식사 자리인 건 맞았다.

한 번에 3명의 귀빈을 부르는 것은 공식행사가 아닌 이상 상당히 드문 경우였다. 어디까지나 페르만은 습관적으로 혼자 식사를 하는 걸 즐기는 편이었기에.

"곰과 뱀이 먼저 왔나 보군."

음식을 부랴부랴 준비하고 있던 시종들이 멈춰 서서 길을 터줬다. 페르만의 시선은 자신 앞에 고개를 조아리는 두 남자에게로 향했다.

산만한 덩치에 턱수염이 진득한 에리골 후작과, 뼈다귀만 있는 듯 홀쭉한 체형의 마티나 후작이었다. 외모에서 드러나는 것처럼 두 사람의 성향이나 별칭도 극과 극이었다.

"먼 길 오느라 수고가 많으셨소."

"좀 더 일찍 오지 못한 불충을 꾸짖어주십시오."

"폐하와의 식사 자리에 늦어 죄송한 마음뿐입니다."

그들의 언사에서 드러나는 진심? 그런 건 중요치 않았다. 페르만은 이 두 사내가 제국을 지탱하는 두 거두라는 것을 잘 알고 있었다.

대륙에서 가장 큰 땅을 차지한 대제국을 하나의 인물이 다스리는 건 불가능했다. 황제란 중심축으로 존재하며, 다른 기둥들이 서로의 영역을 지탱해야 유지될 수 있었다.

"시간이 시간이니 슬슬 식사를 시작하겠소."

페르만이 손짓하자, 젊은 시종들이 고기와 술을 나르고 옆에서 무릎을 꿇고 식사 시중을 들었다. 다른 두 사람에게는 식사를 테이블 위에 마련해 주는 게 고작이었다.

언제 어느 때든, 상하를 확실히 나누는 그런 면모가 지금의 페르만을 존재케 했다. 그는 특별히 과시하지 않았지만, 고개를 수그리고 들어가지도 않았다.

"오늘은 특별히 성찬 몇 가지를 더 준비하라 명했소이다."

음식 가짓수는 항상 스무 가지가 넘었지만, 오늘은 평소보다 더 많은 음식 종류가 나열돼 있었다. 그중 황금빛으로 물들인 듯 윤기가 자르르 흐르는 칠면조요리가 특히 눈에 띄었다.

영예로운 식사가 진행되는 동안 황실 음악가들은 뛰어난 솜씨로 음악을 연주했다. 없던 입맛이 솟아날 것처럼 활기로 가득했다.

페르만은 한 입, 두 입, 몇몇 음식에서 한 숟가락 정도씩만 음미했다. 음식 가짓수가 엄청나게 많았지만 페르만은 언제나 아주 조금씩밖에 먹지 않았다. 특히 닭고기나 빵 같은 가벼운 요리를 선호하곤 했다.

"오늘 바게트 빵의 식감이 꽤 괜찮군. 자문관, 빵을 관리하는 자의 이름이?"

"제미니 유디 조리장입니다."

"금화를, 음, 3개? 그게 적당하겠군. 금화 3개를 따로 전해 주도록."

"예. 조리장이 무척이나 기뻐할 것입니다."

권력의 틀에 들어가지 않는 자에게 상벌을 확실히 가리는 것 또한 페르만의 독특한 매력이었다. 이내 그는 빵 조각을 한 입 더 씹어 삼켰다.

"남동부 산이려나. 특히 맛있군."

"예. 남동부의 밀로 만든 빵이라고 들었습니다."

페르만은 제국 남동부에서 나는 최상품의 빵만을 즐겨 먹었다. 음료는 주로 순한 맥주를 마셨으며, 또 다른 대표적인 음료였던 와인도 즐겼지만 절제의 미를 잊지 않았다. 와인은 물로 두 배 정도 희석시켜 마셨다. 국정을 담당하는데 과한 음주가 좋지 않음을 그는 현실적으로 깨닫고 있었다.

그렇듯 그의 평소 행동 하나하나가 모두 군주로서의 귀감이 되는 무서움이었다.

"슬슬 배가 부르군. 공들은 어찌, 입에 맞으시오?"

"예. 과연 황궁의 만찬이옵니다. 그런데 테이블에 1인분이 더 있는 것 같습니다만, 실례지만 또 누가 찾아오시는 것인지요?"

"그렇소. 레인 디너즈 공이 올 예정이오."

레인 디너즈가 온다는 말에 에리골과 마티나가 흠칫했다.

제국의 독특한 권력 체계 때문이었다.

본래 제국은 두 명의 재상을 기반으로 한, 황실 관리들과 귀족들로 구성된 세력이 보일 듯 말 듯 대칭되는 구조였다.

따라서 재상이란 위치에는 되도록 고위층 귀족이 세습하는 경우가 매우 드물었다. 능력만 된다면 신분, 계층을 가리지 않고 황제에 의해 등용되는 자리였다.

더욱이 원래는 두 명의 좌재상, 우재상으로 운영되던 것이, 이례적으로 한 명이 추가돼 3명의 재상 체제를 갖추었다.

2명에서 3명이 된다는 것은 그만큼 권력의 축을 변화시킨다는 의미였다. 그 원인을 마련해 준 이례적인 사내, 레인 디너즈. 사실상 지금의 황제를 즉위시킨 일등공신을 꼽자면 그가 맞았다.

"그와는 가끔씩 불러서 식사를 함께하고 있소."

페르만은 3재상을 불러서 격의 없이 대화를 나누는 모습을 종종 보이기도 했는데, 그중에서도 바람의 재상 레인 디너즈에게 각별했다.

슬슬 식사도 마무리에 다다랐다. 페르만이 식사를 마치고 손을 내밀자, 시종들이 착실히 다가와 우묵한 은그릇과 수건을 대령했다.

페르만이 수건으로 손을 닦는 사이, 세 번째 손님이 알현실로 들어섰다.

레인은 차분한 걸음으로 따뜻한 방바닥을 거닐었다. 때로 창가에서 들어온 바람이 그의 몸을 스치듯 지나갔다. 이내 그를 위해 에리골과 마티나가 길을 터줬다. 나이와 가문에 상관없이 레인은 명실공이 제국의 최고 권력자였다. 아무리 날고 기는 후작들이라고 해도 그에게는 한 수 접어주어야 했다.

그런 그를 아래로 둘 수 있는 이는 페르만이 유일했다. 레인은 무슨 일이 있더라도 페르만을 최우선으로 두는 충정 깊은 사내였다.

"폐하, 소신 레인 디너즈 인사 올립니다."

"오는 길이 불편하지는 않았나?"

"예, 그저 제 딴에는 서둘러 왔다고 생각했는데, 결과적으로 폐하와의 식사 시간에는 늦었으니 몸 둘 바를 모르겠습니다."

"과한 걱정이다. 짐은 자네와 관련된 일이라면 얼마든지 너그러워질 수 있는 사람이다."

페르만은 시종들이 가져온 와인으로 목을 축이고는 수

건으로 입가를 닦았다. 음료를 마시면서 수시로 입가를 닦는 그의 버릇이었다.

이 행동이 나왔다는 건, 그가 번거로운 과정을 생략한다는 의미였다. 에리골과 마티나는 슬슬 자신들이 병풍 취급이 될 거란 사실을 인지했다.

"저희 둘은 이만 물러가 보겠습니다."

"아, 식사는 어떠셨소?"

"폐하께서 베풀어주신 만찬에 배가 과하리만큼 풍만해졌습니다. 다음에도 이와 같은 자리에 초대해 주신다면 가문의 영광일 것입니다."

"알겠소. 내 또 초대하리다."

서로 진심 없는 말이었다. 에리골과 마티나는 이런 시간 때우기에 자신들이 이용당했다는 자괴감보다도, 이런 자리를 당당하게 마련하는 황제의 자신감에 주저했다.

두 사람이 자리를 물리고, 다른 시종들과 자문관도 자리를 비웠다. 방 안에는 페르만과 레인만이 남았다.

레인이 싱긋 웃었다.

"폐하의 아랫사람 길들이기는 건재하시군요."

"오해로군. 난 그저 후작들과도 식사를 하고 싶었을 뿐이야. 자네가 늦게 오는 건 일상다반사고 말이지."

"그래도 매번 초대해 주셔서 감사할 따름이지요."

두 사람은 빙긋 미소를 주고받았다.

"그보다 소식은 들었겠지? 자네한테도 서신이 갔을 테니 말이야."

"아르펜 태제님의 편지를 말씀하시는 것인지요."

"그래. 내 동생이 마음고생이 심한 것 같더군. 자네의 말대로 루티아르를 안에서부터 차지하기 위해선 에리가 확실히 자리를 잡아야 하거늘. 요즘 에리의 행실이 점점 과해져서 폭발 일보 직전이라니, 나도 걱정이 이만저만이 아니야. 그 아이가 좀 유별나야 말이지."

페르만은 얕게 한숨을 내쉬었다. 그가 얼마나 고심하고 있는지 잘 알기에 레인이 얼른 답을 내놓았다.

"아마 메를리니 폰 루티아. 아니, 메를리니 데 크닐베이라라는 여성의 활약 덕분이겠지요."

"메를리니? 루티아르 왕실의 후궁을 말하는 것인가? 새로 즉위한 국왕이나 왕태후가 아니라, 후궁이 대단하다? 루티아르에서 갖은 고생을 하며 그녀를 겪어본 자네가 하는 말이니 흘려들을 수만은 없겠다만."

"지고하다면 지고하고, 저열하다면 저열한 여인이지요. 대부분 루티아르를 굴복시키는데 가장 큰 장벽으로 국왕이나 왕태후를 거론하고 있지만, 제가 생각하는 최대 걸림돌은 그 여인입니다. 아마 그녀가 폐하의 누이 되시는 에리 왕비님의 본질을 꿰뚫고 연신 자극하고 있는 것 같습니다. 폐하께서도 에리 왕비님의 성격을 겪어보셔서 잘 아시지 않습니까."

페르만은 등받이에 조금 젖히더니 피식 웃었다.

"막내 동생의 치기 어린 성격을 모를 리가 있나. 정말 어릴 때부터 고생 죽을 먹여 준 심보지. 그 아이가 진짜 무서운 이유는 가지려는 건 어떻게든 가지려 하는 갈망 때문이야."

"하지만 이번만큼은 그 결과를 도출해내기 위해 거쳐야 할 과정이 너무도 많습니다. 아르펜 태제님께서 손을 놓으시려는 것도 그러한 맥락이겠지요. 빠른 시일 내에 태제님을 대신할 새로운 사람이 필요합니다. 대체의 의미가 아닌 상승효과를 자아낼 인물을 선별해서 보내야 할 것입니다."

"흐음. 자네가 다시 가보는 건 어떻겠나?"

레인은 고개를 절레절레 흔들었다.

"저보다는 그분을 보내시는 게 어떨까 사료됩니다."

"그분? 누구를 말하는 것인가?"

"레페리 데미우스 공입니다."

"레페리? 그는 정무를 봐야 할 뿐만 아니라, 애초에 그를 보낼 바에는 자네가 가는 게 순리에 맞지 않겠는가?"

페르만은 답답한 마음에 와인을 쭉 들이켰다. 더 뭐라 묻고 싶었으나, 일단은 레인의 대답을 기다려볼 참이었다.

"제가 합류하면서 기존 2재상 체제도 균형의 추가 흔들리고 있습니다. 3재상이라는 새로운 기둥추가 마련됐지만, 불안요소를 배제할 순 없습니다. 아직은 2체제를 흔들어선 안 됩니다. 굳이 3체제를 갖추려면 제국 내에서 만드는 게 아니라, 루티아르 왕국을 차지하고 그곳에 마련하는 것이 좋지 않겠습니까?"

"어렵게 돌려 말하는군. 그렇다면 자네가 가서 루티아르에 새 질서를 세워도 되지 않은가? 굳이 레페리 데미우스 공을 보낼 필요가 있는가. 아니, 애초에 레페리가 파견 보낸다고 순순히 갈 인물이긴 한가? 자네처럼 이유를 들 텐데."

"그 점에선 걱정 안 하셔도 될 듯합니다. 다른 한 축이신 라우 제노스 공과 달리 레페리 데미우스 공은 에리 왕비님의 선생님과도 같은 분. 그러면 에리 왕비님이 곤란을 겪고 있는 걸 알고 외면하지는 않을 것입니다. 오히려 폐하께서 그 말씀을 해 주시길 기다리고 있을지도요. 레페리 공에게 중요한 것은 제국의 안녕이지, 권력욕이 아닙니다."

라우 제노스와 레페리 데미우스. 이 두 인물은 각각 군사 분야와 정치 분야의 최고 막료였다. 대대로 제국은 두 명의 재상을 두고 각기 군사에 대한 총괄, 내정에 대한 총괄을 맡겨 왔다.

그 체제가 계속 계승돼오다가, 불세출의 인재 레인이 합류하면서 3재상이 된 것이다. 실제로 레인은 군사적으로나 내정으로나 모두 뛰어난 다재다능의 괴물이었다.

"좋아. 그럼 말은 해 보겠다. 만약 레페리 데미우스 공이 거절한다면, 그때는 자네가 루티아르 왕국의 일을 해결하도록."

"예. 혹여 그렇게 된다면 아무 불만 없이 루티아르를 폐하의 품에 안겨드리는 영광을 누리러 출발하겠습니다."

페르만은 심드렁한 얼굴이었다.

이틀 뒤, 페르만이 레페리를 식사 자리에 초대했다.

외발을 쩔뚝거리며 나타난 레페리는 놀랍게도 몇 번의 문답을 나눈 걸 끝으로 승낙했다. 그는 자신의 내정에 대한 권한을 레인에게 인수인계하는 조건을 내걸었다.

그 선택은 권력욕이 없다는 걸 넘어서는 놀라운 결과였

다. 평소 그가 레인을 어떻게 봐왔는지, 제국의 미래를 어떻게 보고 있는지에 대한 반증이었다.

*　　　*　　　*

깡깡—

쇳소리가 요란했다.

깨끗하게 닦아 놓은 궁중 복도에 어울리지 않는 소리였다.

난데없는 쇳소리에 인근을 지나던 궁인들이 미간을 찌푸렸다. 종종 귀를 틀어막고 인상을 찡그리는 이들도 있었으나, 그 소리가 당장 멎지는 않았다.

자세를 비스듬히 낮추고 쇠로 만든 오른발을 땅땅거리며 걷고 있는 노인. 그의 이름은 레페리 데미우스, 제국 3 재상 중 한 사람이었다.

레페리는 주변에서 수군거리든 말든 크게 신경 쓰지 않았다. 귀를 후비는 시늉이나 하면서 왕비궁의 복도를 거닐 뿐이었다.

불편한 다리에 지팡이가 없었음에도 그의 걸음걸이는 일반인들보다 빨랐다. 여유롭게 뒷짐까지 졌는데도 수행원들은 레페리를 따라붙느라 고생이었다.

거침없는 레페리의 발걸음이 멈춘 곳은 왕비궁에서 가장 고귀하고 성스러운 방 앞이었다. 레페리는 조심스럽게 노크를 하고 입을 열었다.

"왕비 마마, 레페리 데미우스입니다."

"들어오세요."

레페리가 문을 열고 방에 들어서기 무섭게 에리가 달려 들어 와락 안았다.

"레페리 선생님! 정말 이게 얼마 만이에요?"

"하하하, 에리티 님도 여전하시군요."

에리티. 예쁘다는 프리티에 에리의 이름을 합친 애칭이었다. 제국의 국정을 담당하는 한편, 황실의 교육도 도맡아온 레페리였다. 응당 에리도 어릴 적에는 레페리와 스승과 제자로서 친분을 다진 사이였다. 레인이 레페리를 적극적으로 추천했던 이유도 이러한 맥락이 크게 작용했다.

레페리가 끌끌, 웃었다.

"그간 강녕하셨습니까?"

"그건 제가 여쭙고 싶은 걸요. 하루하루 늙어 가시는 선생님 스스로를 더 걱정하시라고요. 이렇게 먼 길을 오시고 말이에요."

에리는 레페리의 얼굴에 생겨난 주름을 걱정해 주었다. 어느덧 70줄에 들어선 레페리는 다른 이들과 비교해도 충분히 오래 산 나이었다. 중년이라는 호칭도 이제는 옛말로 치부해야 할 연배. 에리에게는 할아버지와 같은 존재였다.

"황제 폐하께서 어찌나 간곡히 부탁하시던지, 그 청을 거절할 수가 없었지요."

"오라버니도 참. 제가 알아서 다 잘할 텐데."

"물론 마마께서는 영특하실 뿐만 아니라, 세상 모두가 사랑하는 미모의 아가씨이지요. 그래도 어쩌겠습니까, 가족이 그래서 가족인 게지요. 황제 폐하께서는 오라버니로서 혼자 먼 이국땅에 홀로 계실 누이를 걱정하신 게지요."

"후우. 하여간 페르만 오라버니는 걱정이 많아서 문제예요. 아 참, 선생님, 차라도 한잔하시겠어요? 좋은 게 있는데."

"허허, 마마께서 주시는 거라면 독약이라도 기꺼이 받아야지요."

우스갯소리로 농담을 던진 거지만, 에리는 정말 자신이 독약을 건네면 한 치에 머뭇거림 없이 마실까 봐 멈칫했다.

레페리의 충심과 청렴결백은 유명할 데로 유명한 이야

기였다. 그런 강단이 있었기에 70이 넘어서도 3재상 중 하나로 군림할 수 있었다.

에리의 지시로 시종들이 테이블을 가지런히 정돈하고 그 위에 찻잔을 마련했다. 깔끔한 테이블을 사이에 두고 에리와 레페리가 서로의 찻잔을 기울였다.

"허허, 차가 맛있습니다."

"르보리아에서 가져온 특제품이거든요."

"르보리아라, 그러고 보니 그 나라도 가본 지 꽤 오래됐군요. 나이가 드니 어딜 다니는 것도 힘에 부쳐서 말입니다."

"그러니까 황성에 계시지, 이곳까지는 왜 오신 거예요. 레인 디너즈 공도 있고, 다른 이들도 많은데."

에리는 잔뜩 뿔이 난 얼굴이었다.

뾰로통해진 에리의 표정을 보고 있자니 레페리는 괜스레 웃음이 나왔다.

"무얼 하든지 99보다는 100이 좋은 게 아니겠습니까. 저는 왕비 마마께서 진정한 왕비로 거듭나시길 바라는 마음입니다. 어떻게든 그렇게 만들어드리고 싶고, 또 그만큼 간절하지요."

"진정한 왕비라…… 그게 말씀처럼 쉽지만은 않네

요……."

"마마께 있는 것과 없는 것을 잘 구분해야 합니다. 있는 것은 마마의 뒤를 받쳐 주는 우리 제국의 힘이요, 없는 것은 국왕 전하의 사랑이겠지요. 데레니아 왕태후가 왕비였던 시절이나 지금에도 강대한 권력을 행사할 수 있는 이유처럼 말입니다."

"그게 뭔데요?"

"그녀는 받쳐 주는 세력도 있거니와 선왕의 사랑도 듬뿍 받았기 때문이지요. 반면 메를리니 후궁은 세력이 확실치 않지만 국왕 전하의 사랑을 받고 있다는 점. 그렇다면 답은 확연하게 나오지 않습니까. 마마, 자존심은 잠시 접어 두시고 사랑을 쟁취하십시오. 자리는 이 늙은이가 어떻게든 마련해드리겠습니다."

"선생님…… 알겠어요. 부탁드려요."

"예. 이 늙은이. 비록 노쇠한 몸이지만 한평생 정치판에서 뒹굴었습니다. 마마와 전하의 자리를 꼭 성사시켜드리겠습니다."

레페리는 에리가 레이드를 유혹할 수 있도록 왕실 이곳저곳을 적재적소에 맞게 쑤시고 다녔다. 레이드가 에리를 마음에 둬야 하는 정당성이라든가, 잠자리를 가져야 하는 이유, 등등. 그의 수완은 과연 대단하다는 말로 표현이 부족했다.

그러나 문제는 그가 지적했었고, 또 현시점에 합당한 그 문제의 골이 생각보다 깊었다는 사실이었다. 레페리가 온갖 수단을 다 썼지만 레이드는 에리에게 마음을 공유할 기회조차 주지 않았다.

그것은 수습하기 힘든 치명타였다.

자존심에 금이 가다 못해 산산조각 난 에리의 화는 쉬이 가라앉지 않았다.

*　　　*　　　*

에리가 또 소박맞았다는 소식은 제국의 황제 페르만을 분노케 했고, 왕태후 데레니아의 기분을 오묘하게 만들었다. 그리고 또 다른 입장을 고수하고 있었던 메를리니에게는 함박웃음을 선사해 주었다.

메를리니는 한 번 터진 웃음을 좀처럼 주체하지 못했다. 한참을 웃다가 겨우 진정할 수 있었다. 그녀의 웃음소리가 멎었을 즈음, 반가운 손님이 찾아왔다.

"마마, 그간 강녕하셨습니까."

"하, 흠흠, 그룬디에 선틀 백작 오셨나요?"

"제 앞에서까지 그러실 필요는 없습니다."

"아뇨, 아뇨. 이제 자작도 아닌 백작에 오르셨는걸요. 예전과 똑같이 대해드릴 순 없죠. 자작에게는 자작에 맞는, 백작에게는 백작에 맞는 대우가 필요한 법이니까요."

"모두 마마의 은덕이지요."

두 사람이 나란히 서 있던 왕궁 연못가에는 개굴개굴, 개구리 소리가 한창이었다. 가끔 수풀에서 메뚜기가 울기도 했다.

"역시 일대일로 독대할 때는 이곳만 한 데가 없어요. 그래, 그룬디에 공께서 직접 저를 찾아와야 할 정도로 중요한 소식은 무엇인가요?"

"마마께서는 왕비나 왕태후의 정보에 대해 궁금하시리라 사료됩니다만, 제가 이번에 보고드릴 내용은 국경선의 소식입니다."

메를리니가 의아한 표정을 드리웠다.

"국경선? 그곳은 그룬디에 공이 기본적으로 관리하고 있는 정보망 중 하나가 아니었나요?"

"예. 사실 1년여 전부터 유심히 보던 사항입니다만, 딱히 접점을 찾지 못해 기록만 하고 있었습니다. 그런데 이번에 마마의 명으로 제국과 관련된 자료들을 많이 뒤적이다가 바람의 재상의 과거에서 독특한 점을 발견했습니다."

"또 바람의 재상인가요……?"

메를리니의 얼굴에 좀처럼 드러나지 않는 노기가 시렸다.

그룬디에는 흠흠, 목소리를 가다듬었다.

"레인 디너즈가 아직 재상의 자리에 오르지 못했을 시기의 일입니다. 그가 진정 두각을 보인 것은 어떤 전투에서였지요."

"용의 나라 로베룬의 전진요새 에반가르드를 함락시켰던 이야기를 말씀하시는 건가요? 근 100년의 역사 중 손꼽히는 전투 중 하나이죠. 철옹성이라고 불렸던 에반가르드를 무너트린 게 젊은 장군이었다는 점에서 더더욱."

"예. 세간에는 전설적인 전투로만 기록돼 있지만, 자세히 파고들면 그 함락에 어떤 전략이 첨가됐었는지 알 수 있습니다. 저 또한 이번에 알게 된 것이지요."

"그룬디에 공, 뜸 들이지 말고요."

그룬디에는 개구리와 메뚜기 소리만으로는 안심이 되지 않았는지, 주변을 스윽 돌아보고는 속삭이듯 말했다.

"레인 디너즈는 3개월 동안 인내심을 가지고 에반가르

드의 인원들을 부분적으로 포섭했습니다. 어떤 방법으로 설득했는지 모를 일이나, 실제로 그는 그걸 해냈고 결국 에반가르드는 안에서부터 붕괴하기 시작했지요. 일반적인 역사서에서는 그저 바람의 재상이 탁월한 군사 지휘력으로 에반가르드를 굴복시켰다고 기록되어 있지만, 실상은 그렇지 않았던 것입니다."

"족제비 같은 작자라 잔머리는 대단하니까요. 그래서 그게 우리 국경과는 무슨 상관이 있는 거죠? 설마 에반가르드 때처럼 국경선의 병력들을 회유하거나 포섭하고 있단 말씀은 아니겠죠. 그게 그렇게 쉬웠다면 모든 나라가 통일돼 있게요?"

"조금 다릅니다. 마마, 혹시 다른 나라나 지역에서 우리 나라로 넘어오는 이민자의 수가 한 해에 몇 명 정도 되는지 아십니까?"

"글쎄요. 흐음."

"국경을 모두 지킬 수도 없고, 굳이 넘어오겠다는 이들을 막을 필요도 없기에 제대로 측정하기는 힘듭니다만. 마마께서는 도둑이 집으로 몰래 들어올 때와, 신분을 숨기거나 하고 당당하게 정문으로 들어올 때 중, 무엇이 더 섬뜩하고 예측하기 어려우시겠습니까?"

메를리니는 턱을 괴고 내용을 정리해 봤다.

"에반가르드 공방전, 그리고 당당하게 들어오는 도둑. 설마……."

"국경수비대가 지키고 있는 관문을 정식절차를 거치고 지나오는 제국 이민자들이 하루에만 적게는 5명에서 많게는 50명 내외입니다. 대개 그런 이들은 피폐한 몰골의 남성이나, 노약자, 어린아이, 여성이 대부분이지요. 그렇지 않고서야 굳이 먼 길을 이동해 이민할 필요가 없을 겁니다. 그런데 근 1년간 규칙적으로 잘 단련된 체격의 사내들이 넘어오고 있습니다."

"1년간? 대체 몇 명이나요?"

"어림잡아 하루 평균 열 명가량입니다. 그걸 1년으로 계산하면……."

"3000명 이상이로군요."

스스로 읊은 말에 메를리니는 몸에 소름이 돋았다. 식은 땀이 흐르는 이마를 한 손으로 쓸어봤지만 감정이 쉬이 진정되지 않았다.

"마마, 괜찮으십니까."

"네. 괜찮아요. 그건 그렇고 만약 사실이라면 가볍게 넘겨야 할 사안이 아니겠군요. 3000명 이상의 건장한 남성들…… 만약 그 사람들이 특별한 목적을 가지고 넘어온 동지들이라면…….”

메를리니의 눈가에 그늘이 어렸다.

“저의 기우겠지만, 혹시 모르니 좀 더 조사해 보세요. 왕궁에 배치된 인원 일부를 그곳에 투입해도 괜찮아요. 정도를 넘어서지만 않는다면 일정 이상의 행동을 하셔도 제가 뒤를 봐드리겠어요.”

“마마의 그 말씀만을 기다렸습니다. 돌아가는 즉시 착수하도록 하겠습니다.”

그룬디에는 예를 갖추고 인사를 올렸다. 이윽고 그가 떠나고, 홀로 남은 메를리니는 돌멩이 하나를 연못으로 던져 봤다.

깜짝 놀란 개구리들이 울음소리를 뚝 멈췄다. 연못가는 메뚜기 목소리로만 가득했다. 그러나 얼마 지나지 않아, 다시 개구리와 메뚜기가 자아내는 하모니가 시끄럽게 울려 퍼졌다.

＊　　＊　　＊

루티아르 정실 왕비 에리의 이미지는 역대 왕비들의 것

과는 비교가 되지 않을 정도로 큰 사치의 길을 걸었다. 그녀의 정신상태가 얼마나 피폐해졌는지 알 수 있는 대목이었다.

남편이란 작자는 다른 여자에게 빠져서 헤어 나오지 않았고, 민심도 그 창녀 같은 계집에게로 쏠리고 있다. 시아버지는 유명을 달리한 지 오래였고, 시어머니 또한 아군보다는 적군에 가까웠다.

오라버니가 제국으로 돌아감으로써 가족들도 모두 제국에 머물고 있는 상태가 되었다.

물론 자문관의 역할을 맡기 위해 찾아온 레페리 데미우스가 선생님으로서 성심성의껏 보좌해 주긴 했다. 분명 그는 똑똑하고 인자한 신사였으나, 다소 전략적인 입장이었다.

점차 상황이 정치적인 관계로 흐르는 가운데, 에리는 그저 한 남자의 사랑을 원할 따름이었다.

"더 예쁜 옷! 더 아름다운 옷! 다른 건 없느냐?"

결국 에리가 찾아 헤맨 것은 치장이었다. 본래 그녀는 독특한 매력을 타고나 어디 내놓아도 미녀라고 불릴 법한 외모였지만, 남편의 사랑을 갈구하며 겉치레에 치중하는 일이 잦아졌다.

처음 그녀가 본국에서 가져온 의복은 삼십여 벌이 전부였으나, 루티아르에서는 하루가 멀다 하고 옷을 모으기 시작했다.

어느새 왕비의 의상 보관실은 무려 300벌이 넘는 드레스가 쌓여서, 그녀의 외적 이미지를 격하시키는데도 일조하기에 이르렀다. 어느새 사치로 물든 왕비라고 수군거리는 시선들이 적지 않았다.

보다 못한 레페리가 왕비의 방을 찾았다.

"왕비 마마, 근래 들어 주변의 분위기가 좋지 않습니다. 당분간은 자제하시는 게 좋지 않을까 사료됩니다. 아무쪼록 마마의 하해와 같은 아량으로 이 늙은이의 조언을 진실로 받아주시길 간곡히 부탁드립니다."

레페리는 진심이었다.

에리의 유년기를 함께했던 그는 그녀가 얼마나 자존심이 강하고 드센 성격인지 잘 알고 있었다. 3명의 오라비를 둔 황녀로 태어났다는 것이 얼마나 존대한 입장인지, 그로 인해 파생되는 자존감이 어느 정도일지, 레페리가 모를 리 만무했다.

"……선생님께서 그리 말씀하시니, 당분간은 자제하도록 노력해 볼게요."

"예. 늙은이의 말씀을 경청해 주셔서 감사드립니다."

에리는 레페리의 말대로 사치를 줄이고 겸손한 자태를 내보였다. 한동안 주로 검정과 흰색처럼 단색 계열의 수수한 드레스를 입기 시작했으나, 고작 일주일짜리였다.

그녀는 벨벳, 새틴, 태피터 등 값비싼 천에 각종 보석과 진주알을 주렁주렁 매다는 등, 금사와 은사로 정교하게 자수를 놓은 의상을 다시 꺼내 들었다. 심지어 검은색과 흰색 의상에는 투명한 은색 베일이 덮여 있어서 더욱 고급스러움을 뽐냈다.

이런 와중이니 줄서기의 방식에도 변화가 보였다. 간혹 귀족들이 드레스나 기타 의복을 선물로 바치기도 했는데, 점점 그 도가 지나치자 레페리가 다시 나섰다.

레페리는 에리가 눈치 채지 못하도록 공물을 바치는 귀족들을 다그쳤다. 그게 문제가 됐다. 한 귀족이 그대로 에리에게 고해바친 것이다.

고민 끝에 에리는 레페리를 불러들여서 어떻게 된 일이냐고 추궁했다.

레페리는 별안간에 아르펜 태제의 얼굴이 떠올랐다. 새삼 에리의 오라버니 아르펜 태제가 왜 그리 애간장을 태웠었는지 깨달은 것이다. 길고 긴 질투와 외로움, 자괴감으로 에리의 심리상태는 최악으로 치닫고 있었다. 사태는 심각하다 못해 대위기였다.

"왕비 마마, 오해십니다. 저는 몇몇 귀족들에게서 받은 공물을 모아서 곧 있을 왕비 마마의 탄생일에 맞춰 선물로 드리고자 했습니다. 아무래도 저의 의사를 전달하는데 착오가 있었던 것 같습니다."

"그렇죠? 제가 잘못 알고 있었던 거죠? 아무렴 선생님께서 그러실 리 없죠. 하아…… 정말 다행이에요. 선생님마저 등을 돌리신 건 아닌가, 하고 조마조마했어요."

에리는 흥분한 가슴을 애써 쓸어내렸다. 레페리의 따뜻한 몇 마디를 더 들은 뒤에야 마음을 안정시키고 잠자리에 들었다.

레페리는 시종들에게 왕비님을 잘 부탁한다는 말을 남기고 왕궁 연못가로 나왔다. 낮에는 개구리와 메뚜기의 합창으로 난리였지만, 어째선지 밤이 되면 간혹 몇 마리가 울어댈 뿐 전체적으로 조용한 분위기였다.

"……데니파로군"

레페리는 어둠에 가린 얼굴을 슥 찡그렸다. 혼자 밤공기를 마실 참이었는데. 측근이라곤 해도 이 순간에는 불청객이었다.

데니파는 정중히 양해를 구한 뒤 레페리의 옆으로 다가섰다.

"데니파, 무슨 일로 찾아왔는가? 내 분명 혼자 있고 싶다고 했을 텐데."

"답답한 가슴을 주체할 수 없어서 이렇게 결례를 무릅쓰게 됐습니다."

레페리는 긴 한숨을 내쉬었다.

"말해 보게."

"재상님, 아직 늦지 않았습니다. 지금이라도 본국으로 돌아가 다시 국정을 맡으시고, 루티아르 건은 레인 디너즈 공에게 인계하십시오. 어찌하여 제국의 근간을 그에게 맡기시는 것입니까?"

"아니. 레인 디너즈의 판단은 옳았다네. 지금의 에리티님께는 그가 아닌 내가 있어야 하네."

"그러나 재상님도 잘 아시지 않습니까. 확증은 없지만…… 그자가 선대 황제 폐하와 1황자님을…… 읍."

레페리가 황급히 데니파의 입을 막았다. 그는 쉬이, 목소리를 줄이라는 주의와 함께 주변을 돌아봤다. 그제야 데니파도 주변을 살피고는 목소리를 가다듬었다.

"죄, 죄송합니다. 하지만 이번 루티아르 국왕 독살도 그렇고…… 재상님께서도 짐작하고 계시지 않습니까. 이미 라우 제노스 공도 낌새를 알아차리고 별도로 견제하고 계시는 중입니다. 우선 레인 디너즈 공을 루티아르로 보내놓고, 재상님께서 입장을 정해 주시기만 하면 모든 게 정상으로 돌아올 것입니다."

"자네 말대로 바람의 재상을 끌어내린다면, 그와 함께 동고동락하신 황제 폐하는 어찌 되는 것인가. 결코 가만히 계실 분이 아니거늘."

"아르펜 태제님이야말로 평화와 공존을 상징하시는 분입니다. 지금의 황제 폐하는 정복황제를 꿈꾸시지 않습니까. 현 시점에서 정복전쟁을 일으키거나 그에 맞춘 정책을 발효하는 건 매우 위험합니다. 지금의 제국도 대륙에서 가장 드넓은 영토와 국력을 자랑하는 나라. 이 이상을 바라는 건 과한 욕심입니다."

연못의 향기를 간직한 밤바람이 잔잔하게 불어왔다. 레페리는 쇠막대기로 이루어진 오른발로 슥슥 땅바닥을 비벼봤다.

"데니파, 내가 모셨던 이가 누구인가?"

"재상님께서는 평생을 바쳐 3대에 걸친 황제 폐하들을 모시고 계십니다."

"그분들의 성은 무엇인가?"

"대 이틀로이하입니다."

"그럼 답이 나오지 않았나?"

"예? 무슨?"

"나는 제국을 섬기는 것이 아니라네. 내가 한평생 섬겨왔던 이들은 모두 이틀로이하. 지금의 황제 폐하도 이틀로이하 성을 물려받으신 분. 에리 왕비님 또한 이틀로이하의 이름 아래 태어나신 분. 이틀로이하에 충성을 바친 내가 지금 있어야 할 자리는 바로 이곳이라네."

"……."

"반면, 레인은 페르만 황제로부터 시작되는 새로운 3대를 받쳐나갈 남자. 제국의 역사에 다시없을 불세출의 귀재가 나아갈 길을 늙은이의 헛된 아집으로 그르칠 순 없지 않겠는가."

레페리는 인자한 미소를 지으며 데니파를 바라봤다. 수염을 슥 만지는 모습이 어찌나 차분하고 성스럽던지 데니파는 자기도 모르게 무릎을 꿇고 예를 갖췄다. 흰 수염을 어루만지던 레페리의 손길이 부들부들 떨리더니 멎었다.

*   *   *

레이드는 지금까지 살아온 인생보다 근 몇 년간이 힘든 시기였다. 그는 아르펜 태제가 떠났다고 쾌재를 부를 겨를도 없이 더하면 더했지, 못하진 않을 새로운 인물의 방문에 골치가 아픈 요즘이었다.

왕비를 보좌하기 위해 새로 부임한 레페리 데미우스는 늙은 혓바닥을 자유자재로 다루는 뱀과도 같은 남자였다. 어딜 가나, 누구를 만나나 극진히 예의를 차렸고 비아냥대는 언행 따위는 전혀 하지 않았다. 그래서 더 무섭고 치밀했다.

레페리가 부임하자마자 소문과 정당성에 대한 괴리에 빠졌던 레이드는 결국 에리가 머무는 왕비궁에 방문해야 했다. 물론 변명과 이유를 될 수 있는 대로 모두 대서 겨우 잠자리를 가지는 것만은 막았지만, 언제 또 그런 위기에 처해질지 몰랐다.

"전하, 오늘도 잠자리가 불편하십니까."

"아아. 소문이 신경 쓰여서 영 잠이 안 오는군."

레이드는 잠을 제대로 못 이루는 날이 점점 잦아졌다. 왕이 된 뒤로 많이 바빠졌는데, 거기에 여자 문제로 골치까지 썩으니 정신적으로 너무 힘들었다.

그러든 말든 소문은 꼬리에 꼬리를 물어 확산됐다.

아직 아이 소식이 없었던 왕궁 내에서 레페리의 방문 이후로 숨겨진 아이에 대한 쓸데없는 가십거리가 나돌기 시작했다.

아이가 사생아라느니, 부모가 누구냐느니, 궁녀가 아이를 낳았다느니, 아이에 대한 가십거리가 궁정 안을 휩쓸었다. 급히 조사팀이 꾸려졌지만 소문의 진원지를 알 수 없어 어찌할 방도도 없었다.

한때는 중앙귀족의 거두 중 하나였던 체닐로 백작의 바보 아들이 궁녀와 눈이 맞았다는 기괴한 소문도 나돌았다. 아버지의 후광과, 언젠가 물려받을 막대한 재산과 부가 있었지만 정신적으로 문제가 있어 어디 잘못 결혼이라도 했다간 체닐로 가문이 풍비박산 나버릴 거라는 풍문을 끌고 다녔던 귀공자였다.

그 궁녀가 임신했다는 게 밝혀져 사태는 매우 심각해졌다. 결국 체닐로 백작은 눈물을 머금고 아들을 지방으로 내쫓았고, 해당 궁녀의 집안도 멸문을 피하지 못했다. 태풍 같은 소문이 잦아든 뒤에도 아이와 관련된 가십거리는 계속됐다.

아이, 아기, 아이, 아기. 이제는 진절머리 날 법한 단어였으나, 그렇게 수면 위로 올라온 주제는 왕실의 대를 이을 왕자에 대한 것으로 함축되었다.

당시 레이드에게는 제국의 황제와 동명이인이었던 배다른 이복형제 페르만 폰 루티아가 있었는데, 그는 일찍이 정치판의 암투를 피하기 위해 새 왕의 즉위식 자리에만 함께하고 지방으로 내려가 있었다.

쥐 죽은 듯 살아가려고 했던 그가 산책로에서 괴한들에게 습격당해 죽었다는 소식이 전해졌고, 그로 인해 후사에 대한 관심이 더욱 증대되었다.

모든 것은 레페리가 원하는 대로 흘러갔다. 그럼에도 그는 바로 서두르지 않았다. 이미 이전번에 레이드가 강경하게 에리를 거부했기 때문에 이번에는 더욱 확고한 준비가 필요했다. 그는 남몰래 레이드가 가장 총애하는 수호기사였던 카이트 쉬베르함을 찾아가 실마리를 얻고자 했다.

그러나 당연하다면 당연한 결과였을까.

카이트는 메를리니를 지지하는 친후궁 세력이었다. 그에게 호되게 당한 레페리는 다시 다른 인맥을 찾아 헤맸다.

그때 연이 닿게 된 것이 국왕의 침실 관리관 주베토였다. 바로 전번의 실패를 만회하기 위해서라도 레페리는 신중하게 주베토를 공략했다. 재물과 입놀림을 모두 구사해 지속적으로 자극한 결과, 주베토를 포섭하는데 성공했다.

주베토는 레이드가 특히 아끼는 궁인 중 한 명이었다. 그가 몇 마디 던지는 말을 충언으로 듣고 새겨두는 편이었다.

레페리가 작성한 대본대로 주베토가 레이드에게 아첨을 하니, 과연 레이드를 흔들리는데 큰 효과가 있었다. 이 또한 일련의 소문들과 돌아가는 상황들이 모두 맞물려 낳은 호쾌한 성과였다.

"이제 때가 됐구나."

레페리는 모든 준비가 갖춰졌음을 직감했다. 그는 사전에 레이드에게 청을 한 뒤, 국왕 접견실을 찾아가 레이드를 알현했다.

이윽고 궁중 정원을 산책하고 돌아온 레이드와 눈이 마주쳤을 때, 레페리는 허허, 웃으며 기쁨을 표했다.

"다이헤르 제국 재상 레페리 데미우스가 국왕 전하를 뵙습니다."

"아아, 미안합니다. 오래 기다리셨습니까?"

"허허, 저도 막 도착했습니다."

늙은 입에서 흘러나오는 대사가 어디까지 진실이고 진

심인지 알 수 없었다. 그가 제국에서 왕국으로 찾아온 이유나, 지금 이 자리에 함께하고 있는 이유 모두 미심쩍었다.

그러나 청산유수처럼 흘러나오는 노련한 말솜씨를 완벽히 빗겨가진 못했다. 제국의 입장에서부터 근래 왕궁을 맴돌고 있는 소문들. 그리고 어떤 식으로든 이야기의 끝자락은 에리와의 잠자리에 관한 내용으로 직결되었다.

"명분이나 명목은 때로 세상을 살아가는데 중요한 원동력이 되지요. 전하께서 앉아 계시는 왕좌란 그 누구보다 명예와 명성을 중시해야 할 고귀한 자리. 아무쪼록 정세를 다시 돌아봐 주신 뒤 결정을 내려주셨으면 하는 바람입니다."

"일단 고려해 보겠습니다."

고려하겠다느니, 생각해 보겠다느니, 비슷한 맥락의 대답이 이후로도 계속됐다. 한참을 겉모양만 다를 뿐 본질은 같은 대화가 거듭됐다. 결국 레페리는 레이드로부터 확답을 받아내는데 성공했다.

공방전 아닌 공방전은 그렇게 끝이 났다.

알현실에서 나온 레페리는 만족한 얼굴이었다.

왕궁 복도를 따라 왕비궁으로 돌아가는 동안 레페리는

가벼운 감탄을 연발했다.

국왕이 머무는 흰 새의 궁전은 전체적으로 목조 부분에 하나같이 금도금을 했거나 빨강, 노랑, 파랑, 초록색 등으로 화사하게 칠을 해 놓았다. 그림을 실물처럼 보이게 하는 신기한 기법도 가미돼 레페리의 눈을 즐겁게 했다.

그러나 눈이 휘둥그레 해지는 장식과 건축양식에도 불구하고 레페리는 이곳을 성스러운 자리라고 생각진 않았다. 아직은 그랬다. 이틀로이하의 영광으로 완전히 물들기 전까진 그저 화려하게 치장한 건물일 뿐이었다.

"차가 땡기는군."

무표정한 얼굴로 중얼거린 레페리는 왕비궁으로 가벼운 걸음을 내디뎠다.

그로부터 사흘 뒤, 레이드는 마지못해 에리와 잠자리를 가졌다. 에리는 그토록 염원하고 염원했던 걸 드디어 쟁취해냈다.

비슷한 시각, 왕비궁과 마주 보고 있는 궁중정원에 인영 하나가 내비쳤다. 영롱한 달밤에 그늘진 그림자가 정원 중앙기둥으로 슥 움직였다. 기둥 근처를 맴돌면서 시선은 왕비궁에서 떨어질 줄을 몰랐다.

"레이드······."

어디서부터 잘못된 것일까. 차라리 평범한 농부와 그 아내였다면 이런 시련을 겪지 않았을까. 가진 게 많기에 지킬 게 많고, 가져야 할 게 많기에 준비할 게 많았다. 이 또한 버텨서 후일을 기약할 때의 밑거름이리라. 그렇게 생각하면 가슴을 후비는 이 고통과 고뇌가 조금은 덜해지지 않을까…….

메를리니는 말없이 입술을 짓씹으며 눈물을 훔쳤다.

                    *   *   *

수직식으로 건축된 왕비궁의 아름다움은 누가 봐도 인정하는 백미였다. 레페리는 처음 루티아르 왕실에 발을 들였을 때를 되새겨보았다. 그때만 해도 겉모습에 빠질 것도 없이 가짜의 냄새로 만연한 장소였다.

그랬지만 이제는 진짜의 냄새가 나는 기분이었다. 레페리는 하루가 멀다 하고 에리의 임신 여부를 확인했다. 어찌나 열심히 방문해서 거듭 확인했는지 당사자였던 에리가 진절머리 날 정도였다.

그러나 좀처럼 레페리는 진짜의 냄새만 맡았을 뿐, 진짜의 매력을 감상하진 못했다. 밤의 궁전이라고 불렸던 왕비궁은 그야말로 동화 속 궁전처럼 아름다웠는데도, 레페리는 영 시큰둥한 반응을 보이곤 했다.

"진짜의 향기로 만연해지는 것은 언제쯤일까."

향기와 냄새는 같으면서도 달랐다.

레페리는 자신이 죽기 전, 진짜의 향기를 꼭 맡아보고 싶었다.

"오늘따라 왕비궁의 모양새가 짠하게 느껴지는군."

레페리가 이상적으로 갈망하는 진짜의 향기만 제하고 본다면 왕비궁은 훌륭한 건축형태를 알맞게 꾸며놓은 아기자기한 궁전이었다.

크고 작은 탑 꼭대기에는 반구형 지붕을 얹었고, 금과 은으로 만든 닭 모양 풍향계도 달아 놓았다. 실내로 들어가면 부채꼴로 펼쳐진 둥근 아치형 천장에 거대한 퇴창이 보였다.

왕비궁에는 성대한 무도회를 연출키 위한 연회장도 있었다. 레페리는 연회장으로 들어서며 익숙한 그림들에 감탄을 내쉬었다. 가로세로 길이가 매우 넓은 연회장에는 역대 왕비들의 벽화가 그려져 있었다.

"이 왕비들이야말로 진짜 향기가 났던 여인들이겠지. 우리 에리티 님께서는 언제쯤이면 진짜배기가 되실 수 있을는지……."

걱정이 이만저만이 아니었다.

한 단계를 넘어서기 위해선, 또 다른 단계를 거쳐야 하는 게 진리였다. 레페리가 에리를 위해 해 줄 수 있는 일은 이제 없었다.

이번 단계를 넘어서야만 다음 할 일이 또 주어질 것이다. 이대로 기다려야만 하는 입장이란 정말 답답한 일이었으나, 정말 초조한 사람은 따로 있었다.

＊　　　＊　　　＊

왕궁으로 드나드는 야외공연단은 요 근래 미칠 지경이었다. 날씨가 궂었던 것도 아닌데, 며칠 동안은 야외 행사가 모두 취소되고 있었다.

메를리니의 꿀꿀한 기분을 다독이려고 준비했던 공연무대를 갑작스레 취소한 이유는 역시 레이드와 에리가 하룻밤을 보냈기 때문이었다.

메를리니는 낮의 주신 르베이안에게 주말 예배를 드린 뒤, 후궁전 안마당에서 진한 와인을 음미하는 자리를 가졌다. 아직 대낮이었는데도 이미 몇 잔의 와인을 들이켜 그녀의 궁인들은 걱정이 이만저만이 아니었다.

특히 유지니가 노심초사하는 심정이었다.

"마마, 벌써 네 잔째입니다."

"괜찮아. 가끔은 술에 몸을 맡기는 것도 좋은 법이거든."

자기가 내뱉고도 헛소리 같아 피식 웃었다. 메를리니는 잔을 들고 궁전 앞뜰로 나갔다. 수많은 회랑과 주랑이 아름다운 정원 사이로 구불구불 이어진 게 언제 봐도 마음에 들었다.

갖가지 꽃과 허브를 비롯해 수십 종의 나무가 서식하는 식물의 보고 같았다. 평소 그녀는 옷치장보다 후궁전을 꾸미는데 노력을 기울였다. 그러한 조치가 자신의 격을 높이는데 일조한다고 생각했다.

사과나무를 통째로 옮겨 놓은 자리에는 벤치를 놔두고 휴식의 장소로 꾸며놓았다. 좀처럼 기회가 없었는데 오늘이 그 휴식의 날이었다.

메를리니는 유지니와 나란히 벤치에 앉은 채 사과나무 그늘에 몸을 맡겼다.

"유지니, 지금의 내 모습에 어때 보이니."

"그 어느 때보다 아름다우세요."

"너까지 입에 꿀을 바르고 이야기하는 건 싫단다."

"제게는 언제 어느 때라도 똑같은 향취를 품으신 모습 그대로입니다. 처음 뵈었을 때도 그랬고, 지금 이 순간에도 붉은 새 홍화란의 화신이라고 굳게 믿고 있어요."

"홍화란이라……."

두 사람은 멀뚱히 서로를 바라봤다. 이내 메를리니가 먼저 고개를 돌렸다.

"유지니 있지. 얼마 전, 리케드나가 기록한 전기를 읽어 봤어."

"……."

"리케드나에게는 참 못되게 굴었었지. 그래야만 그녀가 올곧은 자존심을 꺾고 내게 충성을 다할 거라고 생각했었 거든. 그때는 그게 당연한 수순이라고 여겼는데 막상 떠나 보내니 내가 해 줬던 게 별로 없던 것 같더구나."

"마마, 그건……."

메를리니가 유지니의 말을 제지했다.

"아니. 조금만 더 말할게. 있지. 리케드나가 나를 위해 작성했다던 전기를 읽다 보니 눈물이 왈칵 쏟아지는데. 내 가 참 리케드나에게 해 준 게 없단 죄책감과 아쉬움이 들 더구나. 나는 언제나 이거 해달라, 저거 부탁한다, 짐만 안

겨줬던 것 같아. 내가 모브리에 가문으로 떠나보내지 않았다면 리케드나도 죽지 않았을 것인데……."

"마마, 궁녀장께선 자신의 고향을 가본다는 것에도 기뻐했고, 마마께서 하달하신 임무에도 만족과 행복을 느끼셨습니다. 자신이 마마를 위해 뭔가 할 수 있다는 것에 영광스러워하셨습니다."

"유지니, 나는 누군가에게 영광이란 가치를 내려줄 만한 위인은 아니야."

메를리니는 스르르 눈을 감았다 떴다. 그녀의 아련한 눈길을 보자니 유지니는 뭐라 말을 하려다가 꾹 삼켰다.

"리케드나가 집필한 내 이야기의 제목은 붉은 여제 전기였던 걸로 기억하는데. 붉은 왕태자비도 아니고, 붉은 왕비도 아닌, 하물며 붉은 여왕도 아닌 붉은 여제. 그녀는 내가 제국의 군주가 되길 바랐던 걸까. 왕국 내에서 왕비조차 되지 못해서 궁중암투에나 이끌려 다니고 있거늘. 내게 그런 막중한 자리가 주어질 거라 여겼던 걸까."

"……."

"그런 자리까지는 바라지 않지만, 적어도 이번 싸움에서만은 지고 싶지 않아. 리케드나의 원수를 갚아주기 위해서라면, 너무 이기적일까?"

메를리니의 물음에 유지니는 몇 초간 고민을 하고 답했다. 메를리니는 뿌듯한 미소를 지으며 유지니의 머리를 쓰다듬어주었다.

이후로도 유지니는 이때 자신이 했던 대답에 만족했다. 생각을 정리하고 말했던 스스로에게 감사했다.

제3장

영혼의 씨앗

『씨앗의 생김새가 무어 중요할까. 내가 품은 씨앗이 의미를 가진단 게 중요할 따름이고. 그 씨앗을 세상 모든 존귀한 단어로 감싸 안을 수 있다면 그걸로 족한 거지.』

9월이 되자 궁정은 가면극 등 다양한 볼거리로 시끌벅적했다. 지난 8월 말에 터진 어떤 이야깃거리가 시발점이었다.

마치 8월 말을 기리기라도 하듯 누구에게는 기쁘고, 누구에게는 슬플 소식이 온 나라를 들썩이게 했다. 소박이나 맞을 거라며 사람들의 입에 오르락내리락했던 왕비가 임신을 했다는 소식이었다. 이 사실은 왕궁을 휘감고 있었던 정치적 판도를 뿌리째 흔들리게 할 빅뉴스였다.

임신 소식이 사실이었기 때문에 가만히 놔둬도 알려질 게 뻔했지만 그걸 그대로 놔둔 채 시간에 맡길 레페리가 아니었다. 그는 자신이 동원할 수 있는 모든 인원을 총출동시켜서 왕비의 임신 소식을 전국을 넘어 전 세계적으로 퍼져 나가도록 꾸몄다.

실제로 레페리는 합방 이후, 수시로 에리의 임신 여부를 확인했으며, 소문을 퍼트리는 방법에 대해선 미리 계획을 다 마련해 놓은 상태였다.

그런 레페리의 끝없는 준비성을 에리도 싫어하지 않았다.

에리가 루티아르 왕궁에 입궁한 뒤, 처음으로 왕비궁에 활기가 감도는 느낌이었다. 에리는 시종들이 가져온 간단한 디저트와 차를 음미했다. 입덧 때문에 속이 매스껍고 거북했지만 결코 기분이 나쁘진 않았다.

"레페리 선생님, 모두 선생님 덕분이에요."

"제 덕이라니요. 하늘도 마마의 행복을 바란다는 증거지요."

"이 아이가 태어나면, 정말, 아 어떡하죠? 정말이지, 너무 기뻐서……."

"마마의 어머님께서도 마마를 잉태하시고 그런 행복한

얼굴을 하셨었습니다."

레페리는 흐뭇한 얼굴로 에리를 바라봤다. 자신의 배를 쓰다듬고 있는 에리에게서 자상한 어머니상이 엿보였다.

그녀가 아기일 때부터 옆에서 지켜봤던 레페리로선 에리의 성장한 모습이 무척이나 감격스러웠다. 그는 레인이나 황제의 입김으로 루티아르에 건너오게 됐을 때도 불만이 전혀 없었다. 자신의 도움으로 에리 황녀가 루티아르의 왕비로 거듭난다면 그보다 더한 영광은 없었으니까.

"이대로라면 왕비 마마의 세상이 오는 것도 시간문제입니다."

에리는 키득, 하고 미소를 띠었다.

"선생님, 저도 그 세상이 하루빨리 왔으면 좋겠어요. 그때는 이보다 더 행복한 나날이겠죠. 제 배 속의 아이가, 저의 아이가, 뛰노는 세상은 행복한 곳이겠죠."

"물론입니다, 마마."

레페리는 수첩 하나를 꺼내서 뭔가를 적어 내렸다. 얼마간 가짜, 고뇌, 슬픔 등에나 어울릴 단어들로 가득했던 수첩에는 이제 상반되는 단어들로 채워졌다. 진짜, 변화, 행복 등에 어울릴 단어들로 수놓아졌다.

                    *   *   *

  동쪽 지방에 머물며 궁 안 소식에 귀를 기울이고 있었던 메를리니는 끝내 참지 못하고 눈물을 터뜨렸다. 그녀의 격한 감정이 입 밖으로 토해질 때마다, 옆에 서 있는 유지니의 가슴도 쓰라렸다.

  메를리니는 서신을 두어 번 찢어서 바닷가에 흩뿌렸다. 손수건으로 닦아낸 눈가에 아직 물기가 흐릿하게 남아 있었다.

  "유지니."

  "네, 마마."

  "그…… 아무것도 아니야."

  차마 입 밖으로 꺼내려던 말을 맺지 못했다. 애써 말을 삼킨 메를리니는 조용히 모래사장을 걸었다.

  무더운 여름의 뜨거운 햇살이 이렇게 따갑게 느껴진 적이 또 있었을까. 12년의 세월을 넘어 회귀를 한 몸인데도, 지금껏 수많은 고난을 지나쳐 왔는데도, 어찌하여 이처럼 답답하고 슬픈 생각만이 머릿속을 맴도는지 몰랐다.

  이곳에 오기 전, 메를리니는 몇 주에 걸쳐 레이드의 마음을 돌리려고 최선을 다했다. 애걸하고 조르면 레이드가 뭐든 결국 들어줄 것이다, 라고 굳게 믿고 있었다. 그러나 설득과 간청을 반복했음에도 불구하고 레이드의 마음은 쉽게 기울지 않았다.

"지금은 바쁘니 나중에 이야기하는 게 어떻겠소."

간혹 레이드는 지금 당장은 얘기할 상황이 아니라며 아예 언급을 피하려고도 했다. 그 스스로도 자신이 메를리니를 극진히 사랑한다고 믿어 의심치 않았지만, 돌아가는 정국이 심상치 않았다.

그 또한 왕태자였을 때와 달리 국왕이란 자리에 오르니 감정만으로 모든 걸 택할 수 없음을 깨달았다. 메를리니를 사랑한다는 점에서 한 치 거짓이 없었기에 레이드는 메를리니를 외면하기가 굉장히 힘들었다.

"메를리니, 우선 마음의 안정을 다잡고 계시오. 내 상황을 보다가 찾아갈 테니."

레이드는 메를리니와 손가락을 걸고 약속했다.

그렇게 남편과 대화를 끝내고, 결국 메를리니는 얼마간 휴식의 시간을 가질 겸 동쪽 바닷가에 여행을 온 것이었다. 시원한 바닷바람이라도 맞으면 기분이 나아지지 않을까, 하는 막연한 생각에서였다.

"잠깐 앉을까."

"네. 마마."

유지니는 얼른 담요를 모래사장 위에 가지런히 깔아주었다. 햇빛에 메를리니의 피부가 타지 않도록 큰 우산을 챙겨오는 것도 잊지 않았다. 준비가 끝나자 메를리니는 살며시 담요 위에 엉덩이를 두고 앉았다.

"유지니, 르나이아가나 데미안으로부터 소식은?"

"아직 없었습니다. 아무래도 제국에서의 일이 난항에 부딪치신 것 같습니다."

"네 아버지 이슈 크리스단으로부터는?"

"네. 마마께서 하달하신 임무로 바쁜 듯합니다."

"그룬디에 공이나 이르에도 정신이 없을 테지. 그들 모두에게는 각자 특성에 맞는 할 일이 있고, 나 또한 내게 맞는 할 일이 있는 거니까. 문제는 이대로 톱니바퀴를 놔둔다면 가장 중요한 내가 흔들리겠는걸. 과연 이 난관을 헤쳐나갈 수 있을는지. 후우……."

깊은 한숨이 메를리니의 우울한 상태를 대변했다.

그때 등 뒤로 반가운 목소리가 들려왔다.

"하늘이 꺼지겠구만."

"이 목소리는…… 설마 이르에?"

"그럼 누가 또 있겠어."

"이르에!"

메를리니는 자리를 박차고 이르에를 와락 안았다. 뜨겁게 달궈져 있던 갑주가 피부에 닿았지만 아랑곳하지 않았다.

이르에가 화상 입는다며 억지로 떼어 냈을 땐 메를리니의 오른쪽 뺨이 빨갛게 달아올라 있었다. 유지니가 얼른 물로 적신 손수건을 대준 뒤에야 뺨의 부기가 가라앉았다.

이르에는 못 말리겠다는 듯 고개를 갸웃거리더니 픽 웃었다.

"하여간 장차 왕비가 되실 여인께서 주책은."

"아직은 왕비가 아니니까 괜찮아."

"왕비가 된 후에도 이럴 것 같은데."

"그때는 온통 행복으로 가득할 테니까, 굳이 네게 안기지 않아도 될 걸."

"어련하시겠어."

이런 매력이 있어서 좋았다. 오랜만에 느끼는 정취였다. 이내 메를리니는 이르에의 갑주에 쌓인 먼지를 탁탁 털어 주었다.

"이르에, 일은?"

"물론 해결해 놓고 왔지. 누가 지시해 줬던 일인데 허투루 끝내고 왔겠어."

"하긴 이르에 수호기사님께서 대충대충 하지는 않았겠지. 고생 많았어. 힘들지? 별궁으로 가서 마저 이야기하자."

루티아르 왕국 지방부에는 왕실의 사람들이 묵을 수 있도록 작은 별궁들을 몇몇 지어 놨다.

바다와 인접하고 있는 동쪽 들꽃 해안에도 별궁이 하나 있었는데, 다른 곳들에 비해 유독 작고 아담했다. 메를리니는 지난 에티로카 사건 이후, 바닷길로 돌아오던 중에 이곳에서 하루 묵은 바 있었다. 그때의 기억이 남아 휴양 시에는 이 궁전에 찾아와 지내곤 했다.

궁정 복도를 거닐며 메를리니가 슬쩍 말을 건넸다.

"이르에, 이 궁전의 이름이 뭔지 알지?"

"아마 들꽃의 궁전이었던가."

"응. 맞아. 들꽃 해안에 있는 별궁이라고 해서 그런 이름이 지어졌지. 루티아르의 모든 궁전 중 가장 왜소하기도 하고, 화려함과는 거리가 멀어서 왕실 친인척 누구라도 굳이 이곳에 들르지 않아. 이곳을 관리하고 있는 궁정인들은 유배라도 온 기분이 든다며 낙심해 있어. 그래서 이번에 왕비가 임신했다는 소식에 내가 궁으로 쫓겨나간 것처럼 소문도 퍼지고 있다지. 근데 있지, 나는 이곳이 싫지 않아. 들꽃은 화실에서 자라난 그 어떤 꽃보다 강인하고 생명력이 질기면서 아름답거든."

"메를리니, 넌 들꽃이 아니야. 화실에서 자란 나약한 꽃도 아니고."

이르에는 다소 착잡한 기분이었다.

메를리니가 고개를 갸웃거리며 웃었다.

"왕비는 임신을 했고 나는 하지 못했어. 나는 전하와 잠자리를 함께 했었지만 아이를 갖지 못한 거지. 내가 밤의 주신 헤르안나의 가호를 받지 못했다는 소문은 하루가 멀다 하고 확산되는 중이니, 참 난제라면 난제겠지. 웃챠."

메를리니는 뒷짐을 쥔 채 슥 한 바퀴를 돌더니 그대로 멈춰 섰다. 그녀를 쫓아 움직이던 이르에의 시선이 그녀가 멈춘 곳을 향해 고정됐다.

"이르에, 너는 나를 어디까지 믿어?"

"글쎄, 적어도 지금은 네 편이란 게 맞겠지."

"너는 내 비밀1호를 알고 있고, 유지니는 내 비밀2호를 알고 있고. 너희 둘은 비밀3호를 모르고. 그렇다면 어떻게 할 거야?"

"1호든, 2호든, 3호든, 그게 중요하진 않아. 나도 네게 비밀 한두 개쯤 있다고. 메를리니, 그런 걸로 마음의 짐을 두진 마. 나는 유리 그림자 산맥에서 네 충실한 기사이자, 든든한 친우가 되기로 맹세했으니까. 그런 걸로 친구에게 부담을 줄 생각은 없다."

이내 메를리니는 입을 꾹 닫았다. 뭐라 더 말하고 싶어 머뭇거렸지만 결국 말을 입 밖으로 토해 내지 않았다. 이르에는 여자였지만 때로 남자 같으면서도 역시나 여자인 친구였다.

예의를 떠나 진짜 친구 같아서, 그래서 정말 좋았다. 지금까지의 여정 중 셀 수 없이 많은 사람들을 희생시켜왔고, 그렇기 때문에 더욱 잃고 싶지 않은 친구였다.

그건 너무 이기적인 욕심일까. 메를리니는 보일 듯 말 듯 허탈한 미소를 지었다.

*　　　*　　　*

"오늘 국무는 이게 끝이오?"

"예, 전하. 내일 다시 찾아뵙겠습니다."

"그래, 수고가 많으셨소."

대신이 물러가자 레이드는 서둘러 짐을 꾸렸다. 대개 그의 짐은 시종들이 준비하는 게 옳았으나 이번에는 카이트와 몇몇 호위병들만 함께 했다. 평소 같으면 저녁 무렵에나 끝났을 국무도 점심 식사 전에 모두 끝을 봤다.

화려하게 치장했던 왕의 옷차림을 홀러덩 벗어던지고 비교적 후줄근한 복장으로 갈아입었다. 그렇다고 거지 차림은 아니고 보통의 귀족이 즐겨 입을 법한 수준이었다.

왕이 지방 귀족마냥 차려입고 헐레벌떡 당도한 곳은 메를리니가 머물고 있는 들꽃 궁전이었다. 지난날, 정황에 짓눌려 메를리니를 외면했던 것에 미안하고 또 미안했다.

레이드는 백마 탄 왕자님처럼 짠하고 등장해 메를리니를 기쁘게 해 줄 셈이었다. 그러나 들꽃 궁전에 다다른 뒤, 그게 바람처럼 되지만은 않았다.

메를리니는 레이드의 손길을 바로 잡아주지 않았다. 함께 말을 타자고 해도 메를리니는 고개를 완강히 젓고 해변가의 길을 걸었다.

모래사장에 구두 굽이 푹푹 박히면서도 레이드의 말을 타진 않았다. 이래저래 초조했지만 레이드는 꾹 참고 메를리니의 뒤를 천천히 쫓아왔다.

"메를리니."

대답은 없었다.

레이드는 말에서 내려 조용히 메를리니의 뒤를 따랐다. 그가 그러든 말든 메를리니는 말없이 바닷바람을 쐬며 길을 걸었다. 얕은 파도가 지나쳤던 모래사장은 몹시 푸석푸석했다.

메를리니는 구두가 거추장스러워서 맨발로 걷기 시작했다. 구두를 한 켤레씩 들고 사뿐하게 걷는 그녀의 뒷모습을 바라보던 레이드의 입가에 미소가 어렸다.

그래도 두 사람은 서로 말 한마디 나누지 않았다.

해변의 끝자락에 다다랐을 즈음에야, 메를리니가 돌아보지 않은 채 입을 열었다.

"아, 그때가 언제였죠. 크네베 개울에서 처음 만났던 그날."

"세상을 모두 가졌다고 생각됐던 날이었지 아마."

"이제 왕좌에도 오르셨으니 그야말로 진정한 세상을 가지신 거죠."

"아니. 그때는 생각만 들었던 것이고. 이제 진짜 세상을 가져볼 참이라오."

"그러기엔 왕에게 어울리지 않는 옷차림이시네요."

메를리니는 레이드의 옷매무새를 흘끗거렸다. 레이드는 하, 헛웃음을 내쉬더니 메를리니를 와락 안아주었다.

두 사람이 껴안고 행복을 나누는 걸 방해할 사람은 아무도 없었다. 동쪽의 바닷바람만이 두 사람을 감싸 안 듯 잔잔하게 불어왔다.

그날 밤, 들꽃 궁전에서 가장 화사하다는 연꽃 방에 두 사람이 함께였다. 깜깜한 방 안에 촛불이 홀로 불빛을 밝히고 있었다. 레이드가 움직일 때마다 촛불이 꺼질 듯 일렁이다가도 끝내 불씨를 지켰다.

메를리니는 그저 눈을 차분히 감고서 레이드의 몸을 받아들였다. 아직 덜 녹은 촛농이 발하는 불빛에 레이드의 몸이 내비쳤다. 입가에선 아무 말도 하지 않았고, 오로지 레이드의 손만이 부드럽게 움직였다. 그러나 레이드의 손은 살짝 망설이면서 멈칫멈칫했다.

"메를리니."

"네. 전하."

"그냥 불러보았소."

그 말을 끝으로 레이드는 더는 머뭇거리지 않았다. 그의 숨소리가 살짝 거칠어졌다. 분홍 잎사귀 같은 입술이 서로를 얼싸안았다. 레이드의 얼굴에는 생기가 감돌았다. 새신랑의 철없고 장난기 많은 얼굴처럼.

촛농의 가느다란 생명이 꺼졌다.

한풀, 한풀 벗겨진 옷자락 사이로 남녀의 새하얀 피부가 도드라졌다.

레이드의 손길이, 따스한 숨결이 와 닿았다. 메를리니는 온몸을 자극하는 찌릿찌릿한 느낌에 주저하다가도 이내 자유롭게 받아들였다. 그녀는 레이드에게 모두 맡기고 스르르 눈을 감았다. 새까만 어둠 속에서 은은한 달빛이 두 사람의 몸을 천천히 비췄다가 사라졌다.

날이 밝아올 무렵.

레이드는 아침 일찍 수도 레필타로 돌아갔다.

침실에 혼자 남은 메를리니는 창가로 들어오는 바닷바람을 만끽했다. 부드러웠다.

이윽고 유지니가 약이 든 병을 대령해 왔다.

메를리니는 약병에 든 묽은 액체를 쭉 들이켰다. 쓰고 시린 맛이었다.

"들꽃이라······."

들꽃 궁전에 오길 잘했다는 생각이 들었다. 다음에 또 혼자 오게 될지언정 크게 상관은 없었다. 그러나 그녀의 일생 동안 이곳을 혼자 찾아오게 되는 일은 없었다.

*　　　*　　　*

"흐아암. 벌써 아침인가."

메를리니는 찌뿌드드한 몸을 일으켰다. 창가로 따사로운 햇볕이 들어오는 것이 아침은 아침이구나 싶었다. 그녀는 근래 들어 밤늦은 시간까지 독서를 하거나 뭔가 일거리를 만들고는 느지막이 기상했다. 그래도 상대적인 것이었을 뿐, 10시쯤에는 일어났다.

"우리 아기도 잘 잤니."

기지개를 켰던 손길로 스윽 배를 어루만졌다.

지난날, 들꽃 궁전에서 레이드와 하룻밤을 보냈던 것도 어느덧 2주도 더 전의 기억이었다. 그동안 노심초사하며 보냈던 것이 이제는 우스운 추억처럼 되새겨졌다. 그녀의 임신 소식에 누구는 웃고, 누구는 우는 희비 교차가 줄을 잇고 있었다.

"오늘 아침 식사는?"

"마마가 좋아하시는 롤빵으로 준비했습니다."

"그래, 롤빵 좋지. 부드럽게 가공한 흰 밀가루로 정제한 그 산뜻한 맛이란."

메를리니는 빵을 먹을 상상을 하며 좋아했다.

이윽고 유지니가 새하얀 롤빵과 고기 수프, 잘 희석시킨

에일 맥주를 준비해 왔다. 요즘 들어 와인이나 물보다 순도를 극도로 낮춘 에일 맥주를 즐겨 마셨다.

맥주를 야금야금 먹으며 읽는 신문은 새로운 재밋거리였다. 임신을 하고 나니 움직이는 건 귀찮아졌고 부쩍 뭔가를 읽거나 적는 일이 잦아졌다.

그래도 조금은 움직여야 한다는 주치의의 말에 저녁에는 간식을 먹으면서 간단한 춤으로 운동을 대신했다. 태교에 좋다 하여 흥겨운 노래나 감미로운 음악 연주를 듣는 것도 게을리 하지 않았다.

"유지니, 오늘은 무슨 소식 없니?"

"네. 안 그래도 마마께 온 서신들이 수북이 쌓여 있습니다."

저녁운동을 마치면, 주로 서신을 살펴보는 시간을 가졌다. 하루가 멀다 하고 쏟아지는 서신들은 대개 메를리니의 아이를 축복하는 부류였다.

루티아르 왕실에 왕태자 후보가 될 왕의 핏줄이 둘로 늘어나면서 각계의 인사들은 한창 줄 서기에 바빴다. 정실 왕비의 아이를 편들 것이냐, 아니면 왕의 사랑을 받는 후궁의 아이를 편들 것이냐, 하는 대립과 논쟁이 바짝 심화되는 중이었다.

서신을 하나하나 살펴보던 메를리니의 눈동자는 따분함으로 물들었다. 어떻게든 메를리니에게 잘 보이려는 아부성 글귀들은 여전히 귀찮았다. 그래도 일일이 답을 줘야만 자신의 라인을 확실히 굳힐 수 있었다.

"후아. 드디어 끝이 보여 가네."

편지 하나하나에 답장까지 열심히 작성해서 빈 탁자에 차근차근 올려놨다. 이제 몇 개의 편지만 더 확인하면 끝이었다.

"유지니, 주스 좀 가져다주겠니?"

"네."

"고마워."

메를리니는 주스를 홀짝거리고 편지 하나를 집었다. 낯익은 인장이 박혀 있었다. 자신을 상징하는 문양임을 뒤늦게 알아채고 얼른 펴봤다.

"유지니, 데미안과 르나이아가 조만간 돌아온다는구나."

"두 분께서요?"

"그래. 제국에서의 일을 맡길 만한 후임을 선별해 놨다는걸. 시국이 시국이니만큼 내 곁에서 보좌를 하는 게 좋다나 뭐라나. 하여간 엉뚱한 면이 있는 이들이니까. 굳이 안 와도 되는데."

그렇게 말은 했지만 메를리니의 얼굴에는 화색으로 가득 찼다. 기쁜 목소리를 힘껏 터트리려는 걸 애써 참고 있었다.

서신을 마저 정리하고, 두 사람은 이런저런 이야기를 나누며 한때를 보냈다. 간혹 언제는 저녁 무렵까지 몇몇 저명한 인사들이 찾아와 메를리니와 돌아가는 정국에 대해 담소를 나누는 것도 일상이었다.

며칠쯤 지나서야 메를리니는 배 속의 아이와 함께 평화로운 한때를 보낼 수 있었다. 그녀는 하루 일과를 끝마치며 독서를 통해 어지러운 마음을 달래곤 했다. 평정을 잃었을 때나 마음의 안식이 필요할 때면 소설책으로 심신을 가다듬었다.

"어째 아이를 가진 뒤로 더 바빠진 것 같아. 그렇지 않니? 유지니."

"네. 마마의 영향력이 그만큼 방대해지고 있다는 반증이죠."

"내 권력이나 힘이라. 참으로 부질없는 것들인데 나도 그렇고 다른 이들도 그렇고 이걸 갖기 위해 부단히 노력하지. 유지니, 내일은 딱히 일정이 없었지?"

"네. 모처럼 쉬실 수 있는 날입니다."

딱히 메를리니가 뭔가를 하느라 바쁜 사람은 아니었다. 남편처럼 국정에 집중하느라 정신이 없었던 것도 아니었다. 그래도 할 일이 아예 없는 건 아니었기에 스스로 일주일 중 이틀은 그냥 아무것도 안 하고 쉬기로 정해 놓았다. 그 날짜는 어디까지나 그녀 마음대로였다.

그렇듯 딱히 일과가 전혀 없는 휴일에는 들꽃 해안을 찾아가 바닷가를 걷거나, 이곳저곳을 누비며 마음의 안정을 가지곤 했다. 메를리니가 왕의 아이를 잉태했기에 그녀의 그런 행동에 그 누구도 제약을 주지 못했다.

메를리니는 이틀간 휴식을 마치고 왕궁으로 돌아왔다. 휴일의 반작용이었는지 수북이 쌓여 있는 일거리를 보고 한숨을 푹 내쉬었다.

그녀의 마음을 대변하듯 창가 밖으로 비가 추적추적 내리고 있었다. 줄곧 화창했던 날씨가 별안간에 어두컴컴하게 물들었다. 번개가 치고 멀리서부터 천둥소리가 점점 가까이 들려왔다.

큰비가 올 것 같았다.

저녁 식사 전까지 어떻게든 일과를 처리해 놓고 한시름 놓았던 메를리니는 금방 또 다른 과제에 당면했다. 보통 큰

비가 아닌 태풍이었다. 아니, 폭풍 전야가 맞았다.

"왕비 마마?"

"빈궁이 요즘 고생이 많다 하여 들러봤어요."

갑작스러운 방문이었다. 에리는 사전에 아무런 기별도 주지 않았다. 두 사람 모두 왕의 아이를 가진 여인들이었다.

서로가 서로의 입장을 누구보다 잘 알고 있었다. 그래서 메를리니도 구태여 에리를 자극하지 않았으니, 뜬금없는 에리의 방문으로 적잖게 놀랐다.

궁녀들이 황급히 찻잔을 준비해 왔다.

차 향기가 방 안을 잠식해갈 동안 두 사람은 별다른 대화를 나누지 않았다. 극도의 긴장감이 두 사람 사이를 감돌았다. 주변에 대기하고 있었던 궁녀들은 식은땀을 뻘뻘 흘리며 두 사람을 지켜봤다.

툭툭

빗물이 창문을 두들겼다.

에리의 목소리가 빗소리에 뒤엉켰다.

"빈궁의 미모가 여전하니 보기 좋네요."

"왕비 마마의 미모야말로 여신에 진배없지요."

"여신요?"

"네. 밤의 주신 헤르안나 님의 모습이 엿보이시는 것이, 과연 이 나라의 어머님다운 면모이십니다."

메를리니는 부드러운 미소도 잊지 않았다. 그 표정이 가식에서 비롯됨을 에리가 모를 리 만무했다. 치기와 독기로 얼룩진 여인이었기에 상대의 거짓된 모습을 가릴 줄 아는 재주가 있었다. 당면한 상대가 여우같은 후궁 계집이라면 더더욱.

에리가 키득, 하고 웃음을 머금었다.

"헤르안나는 아이를 품는 어머니 여신으로 유명하지만, 한편으로는 반신 쥬라스를 낳은 오명을 안고 있는 분이 아니던가요. 그 외에도 잘못된 태생의 유래에는 밤의 주신이 함께 뒤따르곤 하죠."

"그래도 어머니 여신인 건 틀림없는 사실입니다. 루티아르 왕국의 어머니는 에리 왕비 마마이시고요."

한순간, 창문 밖에서 천지가 무너지는 천둥소리가 울렸다.

쿠르르릉―!

천둥소리가 울려 퍼지자 궁녀들이 화들짝 놀랐다. 그 와중에도 두 여인만은 천둥 따위 안중에 없다는 얼굴이었다. 거짓 웃음을 담은 가면으로 얼굴을 가린 채 서로의 표정만을 살폈다.

천둥소리가 두어 번 울리면 마른번개가 보조를 맞췄다. 어느새 비가 그친 채 시끄럽고 난잡한 하늘의 울음만이 계속됐다. 바람이 심하게 불어서 창문이 연신 들썩거렸다.

메를리니와 에리의 대화는 가시 돋치고 쓸데없는 말들로 도배됐다. 간혹 울려 대는 자연의 소리에도 아랑곳 않고 대화를 나누었다. 한참을 그러더니 어느 순간 뚝 대화가 멎었다. 한동안 불안한 침묵만이 흘렀다.

얼마 뒤, 볼일을 다 봤다는 듯 에리가 싱긋 웃으며 일어나 안녕을 고했다. 두 사람의 이질적인 만남은 그렇게 끝이 났다.

*   *   *

에리가 메를리니의 거처를 찾아갔던 일은 왕궁에 더없는 빅뉴스였다. 궁녀들을 비롯한 궁인들은 그날의 일을 두고 속닥거리는 걸 하루의 낙으로 삼았다. 간혹 그 정도가 심한 궁인들은 데레니아 왕태후의 물망에 걸려 큰 화를 초래했다.

입장 상 철저하게 3자를 자청해야 했기에 데레니아는 심기가 상당히 불편했다. 누가 뭐래도 왕궁의 안주인은 자신이어야 했다. 제국 황녀 계집이나, 왕국 남작 가문 계집이나, 어느 하나 자신을 넘어서는 게 용납되지 않았다.

그러나 데레니아의 우려나 불만에 아랑곳 않고 왕태자가될 두 아이와, 그 어미들의 이야기는 꺼질 줄 몰랐다.

오히려 더욱 가속화되는 중이었다. 상황의 발단은 단연에리 왕비의 측근이자 제국의 재상이었던 레페리였다. 그는 에리를 대신해서 왕비파로 끌어드릴 세력을 추려내는작업을 착실히 진행했다.

임신 때문에 안정을 취해야 했던 메를리니도 자신이 중심적으로 도맡고 있었던 세력 키우기 일이나 소문내기 일등을 믿을 만한 인물에게 일임했다. 일을 마치고 제국에서돌아온 데미안이 그 적임자였다.

메를리니를 만나지 못했다면 단순한 이야기꾼으로 남을뻔했던 데미안은 든든한 날개를 얻자 자신의 재능을 끝없이 발휘했다.

정황이 그렇게 돌아가다 보니, 두 여인의 만남에 이어 두남자도 비밀스러운 자리를 마련하게 되었다. 갑작스레 주선한 만남은 아니었다. 사전에 조율을 하고 서로가 만족할만한 시간과 장소를 정했다.

보는 눈도 최대한 줄이기 위해 데미안과 레페리는 새벽 무렵에 일찍 일어나 만났다.

나무 그늘 아래에 나란히 서서 아직 완연하게 뜨지 않은 새벽녘을 바라봤다.

장마라고 하기엔 짧고, 소나기라고 하기엔 긴 비였다. 천둥과 번개를 동반했던 비가 그치니 더위로 찌들었다. 무더위는 좀처럼 가실 줄 몰랐다. 바람도 한 점 없어서 나무 그늘에 앉아 있어도 영 깔끔한 기분이 들지 않았다.

레페리가 말했다.

"자네 이야기는 익히 들었다네. 희대의 이야기꾼이라고 불린다지."

"다이헤르 제국의 황제를 세 명이나 모신 위대한 재상님에 비하면 한없이 초라한 범인일 뿐이지요."

"끌끌, 그저 죽을 날만 기다리는 늙은이에게는 이제 썩어 문드러질 이빨조차 남지 않았다네. 이 시대를 이끌어 갈 젊은이에 비하면 정말 보잘것없는 삶이지."

"당치도 않은 말씀입니다."

데미안은 슬며시 곁눈질로 레페리의 이모저모를 살폈다. 침침해 보이는 눈 사이로 내비치는 날카로운 눈빛도 요주의였지만, 역시 쇠로 만든 다리 한 짝이 가장 눈에 띄었다.

외다리 어릿광대라는 이명으로 젊은 시절을 보냈던 레페리는 한때 무쇠 다리로 자신에게 반기를 들었던 이들의 턱을 날려 버린 일화로 유명했다. 지금은 노신사처럼 점잖은 본새를 내보이고 있지만 거친 면모를 숨기고 있음을 재 볼 필요도 없었다.

레페리가 주름진 턱을 어루만지며 말했다.

"문득 이디할의 새가 떠오르는군."

"이디할의 새라 하시면……?"

"희대의 이야기꾼이란 자가 그것도 모르는가? 창공을 넘어 신이 되고자 했던 어리석은 새의 이야기 말일세."

"아아. 신을 갈망한 새를 말씀하시는 것이군요."

데미안의 반응에선 감흥이 없었다. 제대로 동조하는 어조도 아니었다. 그건 레페리도 마찬가지였다.

"그래, 보잘것없는 작은 참새였지. 친구 새의 죽음으로 복수를 갈망했던 그 참새는 기지를 발휘해 우두머리 새를 쓰러트렸고. 결국 그 참새가 무리의 새로운 대장이 됐다네. 거기까지만 했다면 그냥 떵떵거리며 살면서 행복을 누렸을 것을. 쯔쯔, 안타까운 결말로 끝나는 이야기가 아니던가."

"바람의 쌍둥이 여신이 기르는 천공의 새 이디할. 말이 천공의 새이지, 하늘에 보이는 바람의 기류가 일으키는 자연현상이지요. 참새는 우연히 그 현상을 보고 자신 또한 하늘 그 자체. 즉, 신이 될 수 있다는 욕망을 품게 됐죠. 그리고 드넓은 창공을 넘어 더 높은 세상으로 날갯짓을 했지만 결과는 죽음이었지요."

"바로 그거지. 잘 아는군. 과연 희대의 이야기꾼이라고 불리는 사내답네 그려."

늙은 입에서 나오는 말엔 데미안의 현재 직함에 대한 언급은 단 한 번도 없었다. 과거에도 그랬고 지금도 희대의 이야기꾼일 뿐이라는 칭찬만이 계속됐다. 데미안이 메를리니의 자문관을 겸하고 있다는 사실에 대해선 일언반구도 없었다.

슬슬 새벽의 차가움을 달래 줄 노을이 얼굴을 드러내고 있었다. 벌겋게 물든 햇빛에 노출된 두 사람의 얼굴에는 보일 듯 말 듯 미소가 들려 있었다.

"이제 듣는 귀도 많아지겠군. 다음에 또 기회를 마련해 보세."

"그때까지 하늘에 아무런 기류가 없었으면 하는 마음입니다. 조심히 들어가십시오."

두 사람은 다음을 기약하자며 악수를 나눴다.

얼마 뒤, 두 사람은 새로운 국면으로 접어들면서 희비가 교차되는 상황에 직면했다. 인생은 어떻게 될지 아무도 모른다고 했던가. 양측은 결코 환영하고 싶지 않았던 변화의 물결에 차례차례 몸을 싣기 시작했다.

제4장

사랑이라는 이름의 병

『때 아닌 악몽의 병이 창궐했던 지옥 같은 나날이었다. 범람할 듯 위태로운 어두운 세상에서 나는 우연찮게 위대한 기적을 보았고, 영광스러운 인물을 보았으며, 극단적인 감정의 찌꺼기도 보았다.

　　　　　　　　　　-루티아르 왕실 대마법사 차코 하밀-』

　왕비와 후궁이 임신했다는 경사스러운 소식에 기뻐할 겨를도 없이 악몽의 병이라고 불리는 질병이 루티아르 왕국을 강타했다.

　원체 사망률이 높기도 했지만 요행으로 살아남더라도 더없이 끔찍한 흉터가 남아서 평생을 고생하게 만드는 악성 질환이었다. 그 병의 정식 명칭은 레포데포였다.

　수십 년에 한 번꼴로 창궐하는 질병이었던 레포데포가 올해 들어 전에 없이 맹위를 떨쳤다. 남동쪽 해안에서 초기

환자가 나타나고 얼마 지나지 않아, 전국으로 걷잡을 수 없이 퍼져 나갔다. 특히 노인, 여성, 아이에게서 증상이 많이 나타났다.

고관대작 부인들이나 저명한 노신사들도 레포데포의 악몽에서 벗어날 수 없었다.

왕국 남동쪽에 감사차 방문했던 차코는 제로디스 자작의 호출을 받고 급히 저택을 찾았다. 자작은 아내가 알 수 없는 병에 걸렸다며 치료만 해 주신다면 뭐든 해드리겠다고 애걸복걸했다.

이에 따라 차코는 제로디스 자작 부인의 몸 상태를 확인해 봤다. 처음에는 그냥 몸살감기인 줄 알았는데 그게 아닌 듯했다. 이미 질병에 걸린 지 이틀이나 지났는데 점점 악화된다는 말도 전해 들었다.

"제로디스 자작 부인, 잠시 진찰 좀 해 보겠습니다."

"아아. 사, 살살요."

"예. 음, 어디…… 으음, 역시군요."

"하, 하밀 경, 대체 무슨 병에 걸린 건가요……?"

"두통도 있다고 하셨고, 위가 쓰리면서 기침이 나신다고 하셨죠?"

"네, 네……."

"거기에 얼굴에 수포 같은 게 나타나는 걸 보아, 틀림없습니다. 레포데포 초기 증상을 보이고 계십니다."

"레포데포요……?"

"네. 당분간 이곳에서 지내면서 경과를 살펴야겠습니다."

차코는 제로디스 자작 부인의 이마를 슥 살펴봤다. 발열과 수포로 얼룩진 피부가 이마를 메우고 있었다. 몇 번의 질의응답을 더 나눈 결과, 제로디스 자작 부인은 그 외에도 오한이나 허리 통증으로도 고생을 하고 있었다.

왕국 남동쪽의 지주였던 제로디스 자작 가문의 이 여인이 최초의 레포데포 질환자이길 바랐지만, 아쉽게도 그녀는 최초의 감염자가 아니었다. 그녀만 치료하면 더 이상의 감염자가 없을 거라고 판단했던 차코는 뒤늦게 자신의 어리석음을 탓했다.

소식통을 통해 레포데포가 급속도로 확산되고 있음을 인지한 차코는 서둘러 짐을 챙겨서 수도로 귀환했다.

레포데포에 대한 정보를 국왕에게 분명히 전달할 의무가 있었다. 그러나 그가 소식을 전하기도 전에 삽시간에 전국으로 퍼진 레포데포는 이미 초기에 붙잡고 해결할 방도가 없게 되었다.

전염병을 마법으로 막는다든가, 강철 벽으로 못 들어오게 한다든가, 하는 건 애초에 현실 불가능한 이야기였다. 즉, 왕족이든, 귀족이든, 사제든, 마법사든, 누구라도 악몽의 병에게서 논외가 될 수 없었다.

12월, 겨울이 루티아르를 강타하기 직전.

레이드는 메를리니와 함께 들꽃 해안으로 여행 갔다가 처음 이상한 조짐을 느꼈다. 흔히 그렇듯 그도 뜨거운 물에 몸을 푹 담고서 개운하게 목욕을 마치노라면 금방 나아질 거라고 생각했다.

물론 그것은 터무니없는 오판이었다. 가벼운 감기라고 생각하고 사냥을 나갔다가 돌아오자마자 엄청난 고열과 함께 몸져눕고 말았다.

처음 레이드의 진단을 내놓은 자는 차코가 아니었다. 차코는 2순위였다. 왕국에서 가장 저명하다는 의학자 제기르 단손이 나서서 레포데포의 증상이 나타난 거라며, 레포데포라고 진단 내렸다.

그러나 레포데포의 주요 증상이었던 농포성의 피부 변화가 없어서 그저 몸살감기라는 오해가 생겨버렸다.

이후로 발진은 여전히 없는 채, 열병과 몸살만이 극도로 심각해졌다. 처음 침대에 박혀 나오지 못하게 됐던 초기부터 10여 일이 더 지났을 즈음.

레이드의 고통은 최고조에 이르렀다. 그때서야 피부에 이상 증상이 드러났다. 그 시점에 차코가 왕국 남동부에서 막 돌아왔다. 그는 귀환 길에 수많은 레포데포 환자들을 거쳐 왔다.

"지금 전하께서 걸리신 병은 레포데포가 맞습니다. 그것도 아주 심각한 상태입니다. 대체 이때까지 다들 뭘 하신 겁니까?"

차코는 흥분을 감추지 못했다. 지금 사태는 정말 심각했다. 그는 자신이 할 수 있는 모든 수단을 동원해 레이드의 상태를 살폈다. 그 어떤 기록상에도 레포데포에 대한 분명한 치료법은 나와 있지 않았다. 기적적으로 자연 치유가 된 사례들만 간간히 있을 뿐이었다.

"하아…… 이대로는……."

차코는 긴 한숨을 내쉬었다.

병석에 누워 있는 레이드의 몸에 열이 점점 심해졌다. 레이드는 제대로 말조차 하지 못했고, 정신을 잃는 주기가 점점 짧아졌다.

내로라하는 왕실 주치의들이 모두 나서서 레이드의 몸 상태를 살폈지만, 좀처럼 회복될 기미는 보이지 않았다.

차코는 급히 신탑 요네룬으로 서신 하나를 날려 보냈다. 지금으로선 기이한 마법에라도 맡기는 게 최선의 선택이었다. 그리고 마법 분야에서 가장 뛰어난 인물은 누가 뭐래도 신탑 요네룬의 학장이었던 대현자 아르메였다.

이튿날, 레이드는 정말로 최후가 다가온 듯 정신이 혼미해졌다. 하루에도 열댓 번씩 의식을 잃었다 깨기를 반복했다. 상황이 이렇다 보니 궁정도 초조해졌다. 이건 가볍게 웃어넘길 문제가 아니었다. 다음 왕위에 대해 논해야 할 순간임을 대부분의 정계 막료들은 인지하기 시작했다.

이미 전국적으로 레포데포에 의한 사망자들이 빗발치고 있었기에 한시가 급했다. 그럼에도 당장 다음 왕위를 이어갈 사람을 결정할 수 없었던 이유는 세 여인의 행보 때문이었다. 레이드의 친모였던 왕태후 데레니아는 말할 것도 없었거니와, 메를리니와 에리까지도 이번만큼은 같은 의견이었다.

아이가 태어난 직후라면 어떻게든 섭정을 해서라도 유지할 수 있었으나, 임신한 상태로는 왕위 우선권을 주장할 수 없었던 게 이유였다. 이대로 왕위 계승권을 결정해버리면 뜬금없는 왕족에게 왕위가 돌아갈 판이었다.

선왕 루투스의 사촌 동생의 아들 라딜 폰 루티아가 우선

순위로 지목되고 있었다. 그러나 현시점에서 영향력이 가장 강대한 세 여인의 저지로 확정되진 못했다. 그러다 보니, 기존 3파로 나누어져 있던 세력 구도가 4파로 분열되면서 이런저런 난항이 생겨났다.

한편 정치적 문제를 떠나 궁정에서는 알게 모르게 이미 장례 준비를 시작됐는데, 이 또한 세 여인의 반대로 중도에 무산되었다.

하루가 멀다 하고 데레니아는 차코를 달달 볶아서 어떻게든 치료방법을 강구해내라고 명했다.

차코는 한 대륙과 비자 대륙의 각종 자료를 모두 뒤져봤다. 그는 비자 대륙에 전해져 내려오는 치료법이라고 소개하면서, 레이드를 침대 위에 가지런히 눕히고 불을 바짝 쬐게 했다. 그리고 비자 대륙의 방법과 자신이 고안해낸 원리를 혼합해 제조한 약을 먹였다.

그렇게 한 시간여가 지나자, 레이드는 겨우 정신이 돌아왔다.

"여긴 어디……?"

"저, 전하, 정신이 드십니까?"

"차코 하밀 경……? 아으…….."

레이드의 의식은 촛불이 꺼질 듯 위태위태했다. 애써 몸을 추스르고 버텨냈지만 그 스스로 자신의 목숨이 사선을 오가고 있음을 알고 있었다. 그 순간 가장 먼저 떠오른 얼굴은 메를리니였다.

자신이 이대로 숨을 거두면 메를리니의 안위가 위태로워질 것은 너무도 자명했다. 가슴이 답답해지면서 숨이 탁탁 막히는 기분이었다. 희미하게 뜨여 있던 눈동자는 힘없이 스르르 감겼다.

*　　*　　*

이르에는 후궁전 회랑 기둥에 기댄 채 묵묵히 바람이나 만끽하고 있었다. 반대편 기둥에는 데미안이 서 있었다. 둘은 뭐라 말도 꺼내지 않고 조용했다. 그들 모두 왕국의 분위기가 어떤지 잘 알고 있었고, 어떻게 대응해야 할지는 모르는 시국이었다.

그때 적막을 깨는 목소리가 들려왔다.

르나이아가가 해맑은 얼굴로 두 사람을 불렀다.

"어이. 역시 여기들 있었구만."

"르나이아가, 네가 여긴 무슨 일이야?"

이르에가 시큰둥한 반응을 보였다.

르나이아가는 으슬으슬한 몸을 펴주려고 기지개를 쭉 켰다.

"아무렴 내가 그 정도로 바보는 아니라고. 지금 돌아가는 상황이 메를리니에게 안 좋다는 것 정도는 알아."

"그래서 혹시 모를 일에 대비해 우리가 여기서 대기하고 있는 거지."

이들 중 메를리니가 레이드를 진심으로 사랑한다는 사실을 모르는 이는 없었다. 어쩌면 메를리니는 레이드의 죽음으로 빚어질 정치적 위기보다도 레이드의 죽음 자체를 걱정하고 있을지 몰랐다.

레포데포는 치료 방법이 없다고 전해질 정도의 극악한 전염병. 행여 메를리니가 레이드를 찾아가 전염되기라도 하면 큰일이었다.

"근데 두 사람, 그거 알지 않아? 메를리니는 여신의 종으로 신기한 힘을 발휘하곤 하잖아."

르나이아가가 던진 말에 이르에와 데미안은 눈이 동그래졌다. 그들은 멀뚱히 서로를 바라보더니 허탈한 미소를 지었다.

"지금 이러고 있을 때가 아니야. 르나이아가, 데미안, 가봅시다."

이르에가 앞장서서 메를리니의 방으로 달려갔다.

입구 앞에서 지키고 있었던 유지니가 무슨 일이시냐고, 지금 휴식을 취하고 계시니 들어가시면 안 된다고 극구 막아섰다.

"마마께서는 혼자 있고 싶다고 하셨어요. 아무리 세 분이라도 이렇게 함부로 들어가시면……."

"그 혼자 있는 게 좋지 않다니까."

"그래도 안 되는 건 안 되는 거예요."

계속될 줄 알았던 이르에와 유지니의 실랑이는 방 안에서부터 들린 진동 소리에 뚝 멈췄다. 누가 먼저랄 것 없이 방문을 열고 들어섰을 때 그들의 눈에 들어온 것은 엉망진창이 된 방구석이었다.

이르에와 유지니는 이전번에도 이런 광경을 목격한 바 있었다. 순간이동에 따른 마력의 장막이 일으킨 여파였다.

"하아. 메를리니 이러지 말라니깐……."

네 사람은 서둘러 레이드가 누워 있을 흰 새 궁전으로 향했다.

*   *   *

실로 오랜만에 찾은 그 남자의 방이었다. 그는 어찌나 고통에 시달렸는지 머리카락에 윤기가 하나도 없어 보였다. 눈을 감고 있는 얼굴은 바짝 핼쑥해져선 보기가 안쓰러웠다. 힘없는 그의 몸을 얼싸안고 싶은데 발이 잘 떨어지지 않았다.

메를리니는 애처로운 눈빛으로 레이드를 바라봤다.

얼마 전까지만 해도 해맑은 얼굴로 메를리니를 쳐다봤던 레이드였다. 그는 메를리니를 부둥켜안으면서 웃음 반, 행복 반을 되새겼던 남자였다. 메를리니가 품고 있는 생명을 진실로 사랑해 준 한 아이의 아버지이자 남편이었다.

"레이드……."

메를리니는 눈물 맺힌 눈동자로 레이드를 바라볼 수밖에 없었다. 가슴 저 깊은 곳에서 천천히 속울음이 차올랐다. 이를 꼭 물고 쏟아 내지 않으려고 참아 냈다. 어깨가, 몸이, 다리가 떨려 왔다.

"탄생의 여신이시여……."

메를리니는 레이드를 얼싸안았다. 그의 가슴께에 얼굴을 파묻고 조용히 눈물을 흘렸다. 새빨간 반점으로 뒤범벅이된 가슴의 열기가 메를리니의 얼굴에 묻어났다. 그의 심장박동이 느껴질 때마다 메를리니의 마음도 속삭이듯 요동쳤다.

"제 목숨을 다시 가져가셔도 됩니다. 그러니 이 사람만은 살려 주세요……."

뚝, 뚝—

눈물이 한 방울씩 떨어졌다. 몸 안의 수분이 모두 빠져나갈지언정, 자신의 눈물로 레이드의 열을 내려줄 수 있다면 그래 주고 싶었다.

손수건을 물에 적셔서 땀으로 흥건한 레이드의 몸을 훔쳐 주었다. 수건이 미적지근해지면 다시 차가운 물을 묻혀서 몸 이곳저곳을 어루만져 주었다.

궁전 바깥에서 시끌벅적한 소리가 잠시 들려왔다. 그러든 말든 메를리니는 아랑곳 않고 레이드의 얼굴을 올려다봤다. 조각처럼 잘 닦아 놓은 듯 선명한 턱이 보였다. 땀으로 범벅이 된 턱 선이 메를리니의 가슴을 아프게 했다.

"제발 눈을 떠요……."

메를리니는 신에게 빌고 또 빌었다. 자신의 영혼을 팔아서 레이드를 살릴 수 있다면 정말 그러고 싶었다. 다시 회귀하기 전으로 돌아가도 상관이 없었다. 적어도 그를 이런 식으로 떠나보내는 것만은 맞이하고 싶지 않았다.

"아…… 으, 윽……."

순간 메를리니는 몸이 예전 같지 않음을 느꼈다. 몸이 천 근만근 무거웠다. 안 그래도 북받친 감정 때문에 바로 인지 하진 못했으나, 방 안에 감도는 꽃향기가 무척이나 역겹게 느껴졌다. 당장 눈앞이 깜깜해지고 복통 때문에 몸을 가누 지 못했다.

"아으……."

눈꺼풀이 점점 무거워졌다. 이런 고통을 전에도 느껴 본 바 있었다. 12년의 회귀를 하기 전, 아이를 임신했을 때도 이런 괴로움을 겪었었다.

아직 임신한 지 얼마 되지 않기에 아이가 당장 나올 건 아니래도. 너무 아프고 또 아팠다. 제대로 목소리조차 나오 지 않아 궁인들을 부르지도 못했다.

얕은 숨을 토해내다가 결국 한계에 다다랐다. 레이드의 가슴께에 얼굴을 묻은 채 정신을 잃어버렸다.

*   *   *

아득히 먼, 끝이 보이지 않는 강이 눈앞에 펼쳐져 있었 다. 추악하고 더러운 검은 물로 가득한 괴기스러운 강이었 다. 강물을 들여다볼라치면 속에서 형형색색의 괴물이 튀어나와 얼굴을 삼켜 버릴 것 같았다.

"대체 여긴 어디지……?"

나룻배가 흔들거렸다. 딱히 강풍이 불어온 느낌도 없었는데 배는 이리저리 왔다 갔다 거렸다. 조금만 균형을 잃어도 배에서 떨어지진 않을까 두려웠다.

얼른 엉덩이를 내려서 주저앉았다. 정면에 누군가가 서 있는 게 보였다. 배 앞머리에 서 있던 뱃사공이 싱긋 웃으며 쳐다봤다.

"당신은…… 아니, 대체 이곳은 어디요?"

힘겹게 꺼낸 물음이었으나 사공은 아무런 말도 하지 않았다.

레이드는 점점 초조해졌다.

혼란스러운 머리는 생각을 제대로 정리하지 못했다. 자신은 방금까지도 레포데포라는 끔찍한 질병에 걸려서 사경을 헤매고 있지 않았던가. 잠깐 정신이 들었을 때 차코 하밀이 대현자 아르메에게 도움을 요청했다는 말을 들었던 것도 같았다.

"그런데 대체 이곳은……."

레이드는 이를 악물고 사공의 멱살이라도 잡고 물어봐야겠다고 판단했다. 지친 몸을 이끌고 뱃머리에 있는 사공의 얼굴을 보려는데. 어김없이 배가 흔들리면서 바닥에 주저앉아 버렸다.

다시 일어서서 뱃사공에게 다가가자, 순간적으로 레이드의 몸은 다시 나룻배 맨 뒤에 앉아 있었다.

"……."

화가 머리끝까지 오른 레이드는 당장에라도 뱃사공을 한대 때려주고 싶었다. 그러나 아무리 발버둥 쳐도 뱃사공이 있는 배 앞머리까지 가지 못했다.

홧김에 배를 옆으로 흔들어봤지만 완전히 기울 것 같다가도 배는 넘어가지 않았다. 괜히 멀미 증세만 돋아서 강물로 토사물을 흩뿌리고 말았다.

"하아…… 하아…… 제길……."

뱃사공의 머리에 뭔가를 맞춰서 반응이라도 보고 싶었다. 그러나 뭐라도 던질 것조차 없었다. 그때 머릿속에 그려진 것이 검은 물이었다. 강물을 한 줌 쥐어서 뱃사공에게 뿌려줄 셈이었다.

한 방울이라도 뱃사공의 몸에 묻는다면 대만족이었다. 레이드는 몸을 기울여서 손을 강물에 담갔다. 그 순간, 찌릿찌릿한 촉감에 몸서리쳤다. 마치 부식되듯이 손끝에서부터 고통이 치고 올라왔다.

숨이 넘어갈 듯한 격통이었다. 레포데포로 고통스러웠던 때보다 더 괴로웠다. 불길이 손을 태우고 있는 것처럼 손끝의 느낌은 정말이지 이루 말할 수 없었다.

연신 비명을 토해내며 몸부림치다가 몸의 균형이 무너졌다. 한쪽으로 쏠리는가 싶더니 몸이 강물로 빠져 버렸다.

물속으로 잠겨 들어가는 동안에도 오른손으로 전해지는 미칠 듯한 고통은 여전했다. 물속에 잠겨서 비명은 입 안에서 나오지 못했다. 검은 강물 속 수심이 깊어질수록 눈앞에 보이는 것도 점점 사라져갔다.

허우적거리는 몸짓조차 어리석은 발악이 되었을 즈음…… 레이드는 조용히 정신을 잃었다. 머릿속이 아무것도 안 적힌 백지처럼 멍해졌다.

새까만 어둠 속에서 어머니의 얼굴이 떠올랐다가 사라졌다. 어머니를 다시 뵙고 뭐라도 말을 전해야겠다고 생각했지만 세상은 어둠뿐이었다.

"아아……."

어둠을 헤치고 이번에는 그녀의 얼굴이 나타났다. 사랑하고 또 사랑하는, 이 세상에서 가장 아름다운 미녀의 얼굴이었다. 선명한 붉은 머리카락이 어둠을 짓눌러 버렸다. 백옥 같은 피부 앞에 어둠 따위는 어슬렁거리지 못했다. 앵두

처럼 달콤한 입술에 입맞춤을 나누고 싶었다. 그러나 잡힐
듯 잡히지 않았다.

"메, 메를리니······!"

벌떡 눈이 뜨였다.

레이드는 주변을 두리번거리며 몽롱한 정신을 되잡았다.
방금까지 물속에 잠겨 있었단 걸 되새기며 몸 이곳저곳을
살폈다.

주먹을 꾹 쥐어보기도 하고, 손가락을 깨물어보기도 했
다. 그제야 이게 현실임을 깨달았다. 재차 땀으로 흥건한
몸을 살피다가 가슴께에 누워 있는 메를리니를 발견했다.

"메, 메를리니······?"

잠들어 있는 메를리니의 상태가 어쩐지 심상치 않았다.
새근새근 잠든 게 아니라 몹시 고통스러운 몰골이었다. 그
녀는 혼절한 그 상태 그대로 눈살을 찌푸린 채 격통을 참고
있었다.

레이드는 조심스레 자리에서 반쯤 일어났다. 그리고 메
를리니의 상태가 어떤지 살펴봤다. 이마와 뺨에 낯익은 뭔
가가 두드러져 있었다. 그는 본능적으로 자신의 얼굴을 어
루만져봤다. 육신의 피로와 고통이 해소되었듯 얼굴에 나
있던 수포도 말끔하게 사라져 있었다. 반면 메를리니의 얼

굴에는…….

"어찌 이럴 수 있단 말인가……."

레이드는 오열했다. 자신을 간호하다가 전염병이 옮은 아내를 바라보며 눈물을 삼켰다. 그는 조심스럽게 메를리니를 안아서 침대에 눕혀주었다.

"이럴 순 없거늘…… 메를리니……."

초조한 손짓으로 뒤적이다가 물수건 통을 엎지르고 말았다. 하는 수 없이 궁녀들을 불러 물수건을 새로 준비했다. 그는 궁녀들이 해 드리겠다는 걸 뿌리치고 자신이 직접 메를리니를 간호했다. 하루가 멀다 하고, 밤낮 가리지 않고…….

*　　　*　　　*

레이드를 괴롭혔던 레포데포가 메를리니에게로 이전되듯 전염됐다는 소식은 아직 대부분의 사람들이 알지 못했다. 레이드가 몇몇 궁인들에게만 사실을 알리고 나머지에게는 함구하라고 명했기 때문이었다.

케케묵은 먼지가 일렁이는 서고의 탑 꼭대기 층.

차코는 탁자 한편에 의학책을 수두룩하게 쌓아 놓고 골

똑히 생각에 잠겨 있었다. 마법을 응용한 치료법에서부터 일반적인 의학 지식 서적까지 모두 뒤져보는 중이었다. 그 래도 해답이 명확하게 나오지 않아 고민이었다.

"레포데포의 확산은 멈춘 것 같지만…… 으음……."

악성 전염병 레포데포로 인한 추가감염자는 거의 줄어들 었다. 남은 과제는 이미 걸린 사람들을 어떻게 치료하느냐 였다. 전국적으로 사망자가 속출하고 있는 가운데, 그나마 국왕이 사경을 헤매면서도 서거하지 않은 게 천만다행이었 다.

어찌됐든 연이어 두 명의 국왕이 서거하는 것은 국가의 위신에도 큰 타격이었다. 차코는 뒤이어 벌어질 왕위 쟁탈 전으로 국가의 존폐 위기마저 점치는 입장이었다.

"역시 스승님께서 직접 찾아오시는 것 외에는 방법이 없 는가……."

나지막하게 중얼거리면서도 그것마저 100% 확신은 아 니었다. 그의 스승 아르메는 분명 뛰어난 마법사였지만, 레 포데포라는 질병이 워낙 치료법이 모호한 전염병이었기에 장담할 순 없었다.

무엇보다 아르메가 신탑 요네룬을 벗어나 이곳까지 방문 할지가 확실치 않았다. 그녀가 사람을 기피하는 건 아니었으나, 일단 신탑을 벗어나는 일 자체가 극히 드문 일이었다.

"악몽의 병이 이대로 잦아들길 바라는 수밖에 없나……응? 저것은?"

저 멀리 하늘에서부터 뭔가가 다가오는 게 보였다. 자세히 쳐다보니 새의 형상이었다. 하얀 전서구가 날아와 창가에 탁 앉았다. 머리에 쓰고 있는 녹색 모자를 보니 신탑 요네룬에서 온 소식통이었다.

"스승님께서 보내신 건가."

차코는 서둘러 서신을 펴서 읽어보았다. 한 줄, 두 줄 읽어 내려갈수록 표정이 오묘해졌다. 눈썹만 약간 움직이며 가슴을 가다듬었다.

[나의 사랑스러운 제자 차코에게 보낸다. 너도 알다시피 나는 신탑의 일을 관리하느라 직접 갈 수 없단다. 그래서 고안해낸 것이 약재료를 보냄과 동시에, 조합이 가능한 마법사를 추천하는 안이었단다. 레포데포는 발열이나 수포 등의 병적인 피부 변화를 동반하는 급성 질환으로, 대개 감염 원인은 레포데포 세균에 의하는 편이다. 갑작스러운 고열이나 허약감, 오한, 심하게는 두통과 허리통증을 일으키

는 악성 질환이란 건 너도 잘 알고 있겠지.]

차코의 눈가에 잔주름이 맺혔다. 두 번째 장을 펴보면서
도 영 표정이 좋지 않았다.

[아마 지금쯤 레이드 국왕의 상태도 상당히 심각할 거라
판단된단다. 대개 길어도 2주를 가지 못하는 질병이니 시
급을 다툴 것임을 알기에 거듭 미안하단다. 그리고 이건 노
파심으로 주의를 주는 거다만. 레포데포는 연령이나 성별
에 발병률 차이가 없지만 임신부에게 잘 발생하니 유의하
길 바란다. 내 알기로 루티아르 왕실에는 임신부가 두 명
있으니까 말이다.]

차코는 서신의 마지막까지 쭉 읽어 내렸다.

[그럼 이제 본론으로 들어가마. 수소문한 결과, 내가 보
낸 재료로 레포데포의 특효약을 제조할 수 있는 마법사가
루티아르 왕국에도 한 명 있단다. 아마 너도 뜬소문으로라
도 들어 봤을 것이다. 내가 은밀히 가르쳤던 천재 소년에
대한 이야기를. 그 아이의 이름은 콩. 목적 없이 여행을 다

니는 중이니, 잘 설득하면 도움을 줄 거라 판단되는구나.

재료는 전서구에 챙겨 뒀으니 아무쪼록 무사히 마무리 짓

길 바란다.

　─마력의 근원을 바라는 자들에게 축복이 있기를, 신탑

요네룬의 대현자 아르메 보냄─]

이마를 되짚고 잠시 생각의 시간을 가졌다. 스승의 편지

에서 적힌 대로 콩에 대해선 익히 들어보았다. 다속성을 동

시에 다룰 수 있는 마법사는 엄청난 재능을 보유해야만 가

능했는데, 어린 나이에 그게 가능하다는 천재였다. 그 잠재

력을 눈여겨본 아르메가 직속 제자로 두고 가르쳤다는 이

야기도 들었다.

"크흠. 일단 만나 봐야겠군."

시간을 비롯해 모든 게 급박했다.

차코는 전서구의 등에 매져 있던 재료를 챙겨서 콩을 수

소문했다. 처음에는 콩을 어떻게 찾아야 할지 감이 안 잡혔

지만, 칼스에게 조언을 구했다가 의외로 쉽게 풀렸다.

콩은 제국에서 에리 왕비의 호위로 동행한 마법사 소년

이었다. 칼스에게 듣자 하니, 에리 왕비를 노리고 날아왔던

화살을 막아냈던 것도 그 소년이었다. 정말이지 이래저래

천만다행이었다.

차코는 궁인을 시켜 미리 통보를 하고 콩의 방을 찾아갔다.

똑똑—

노크를 하고 조심스레 방으로 들어섰다. 테이블에 턱을 괴고 앉아 있었던 콩이 차코에게 해맑은 미소를 지어 보였다. 아르메의 직속제자란 말만 들어봤지, 실제로 보는 건 처음이었다. 몸에서 신비로움이 물씬 풍기는 게, 꽤 흥미로운 소년이었다.

콩이 먼저 인사를 건넸다.

"안녕하세요. 아저씨가 차코 하밀인가요?"

"아아, 그렇습니다. 이렇게 보는 건 처음이군요. 과연 아르메 님의 직계제자라는 소문대로 가공할 마력을 소유하고 계십니다."

"소문은 과장되는 법이죠."

"하나 때로 소문만큼 진실한 것도 없는 법입니다."

"네. 그거야 그래요. '자기가 믿는 대로 믿어라', 아르메 사부님이 늘 말씀하셨던 말이죠. 저 또한 차코 님이 믿는 것을 부정할 생각은 없어요. 각자가 믿는 방향대로 택하고 행하는 것이 신탑의 도리이니까요."

"믿음으로 인한 선택이라. 그렇다면 서신에 대한 답은 어찌……?"

차코는 기대 반 걱정 반이었다.

에리 왕비의 후원을 받고 있었으니 레이드 국왕을 살리는 것에 동참할 거란 기대와, 혹시나 하는 마음에 변덕을 부리진 않을까 하는 걱정이었다. 그런데 그가 예상한 바와 전혀 다른 반응이 나왔다.

"아직 소식을 못 들으셨나 봐요. 지금 레포데포로 고생 중인 사람은 레이드 국왕이 아니에요."

"무슨……?"

"메를리니 폰 루티아. 아니, 메를리니 데 크닐베이라, 라고 하는 게 맞으려나요. 그녀가 국왕에게서 레포데포를 옮아서 투병 중이에요. 그녀 덕분에 기적적으로 국왕은 레포데포로부터 해방되었죠. 왕태후의 여섯 기사라고 불리는 차코 님께서는 후궁인 그녀를 살려 주는 데 힘을 보태실 요량이신가요?"

"으음……."

차코는 양미간을 찌푸렸다.

이런 전개가 될 줄은 꿈에도 상상 못 했다. 해독약을 찾는 데만 몰두하다 보니 소식이 늦어 버린 것도 문제였지만,

가장 큰 문제는 콩의 질문 그대로였다.

지금 이대로 콩만 입막음하면 아무런 변화 없이 후궁의 죽음으로 모든 상황은 종결될 수 있었다. 데레니아 왕태후도 레이드 국왕이 살아났다면 그것으로 대만족이었다. 어쩌면 왕국 내의 분란이 잠잠해질 여지도 있었다.

그러나 차코는 소신에 맞게 선택했다. 이대로 메를리니라는 여인을 죽게 만들 순 없었다. 아직 그녀는 데레니아 왕태후와 루티아르 왕국에 필요한 존재였다. 적어도 그는 그렇게 판단했다.

"그녀를 살려줄 순 없습니까?"

"그건 애매해요. 아시다시피 저는 에리 왕비의 후원을 받고 있어요. 그녀에게 해가 될 일을 비밀리에 진행한다는 건 뭔가 도리가 아니지 않나 싶거든요."

"하긴 그것도 그렇군요."

신탑 요네룬의 가르침은 자신의 입장, 자신의 소신, 자신의 실리 등을 철저히 견지하라는 것. 이 이상 입장을 강요하는 건 신탑의 형제로서 도리가 아니었다. 신탑과 루티아르의 무게를 재본 차코는 고개를 절레절레 흔들었다.

그때 콩으로부터 뜻밖의 제안이 들어왔다.

"제가 원하는 이가 한 명 있어요. 그가 찾아와 직접 부탁

을 한다면, 그 진심에 따라서 후궁을 살려드릴 의향이 있어
요."

"그게 누굽니까?"

"제가 저의 신의를 지키고, 차코 님이 왕태후께 충의를
다하듯. 그도 자신이 모시는 자를 향한 마음이 진심이라면
저를 찾아올 거예요. 차코 님의 설득을 떠나서 오로지 그의
선택 여하에 따라 결정 나겠죠."

차코는 도통 무슨 말인지 이해가 가지 않았다.

콩은 콧노래를 흥얼거리며 종이 한 장을 준비했다. 하얀
백지에 대략적인 인상착의와 이름, 직업, 지금 머무르는 곳
등이 수놓아졌다. 내용을 확인한 차코가 어째서 이자를 지
목한 것이냐고 되묻자, 콩이 빙그레 웃었다.

"호기심 반, 자존심 반. 혹은 어린아이의 장난기 정도일
까요?"

그 나이 또래에 맞는 명랑한 미소였다.

*   *   *

루티아르 궁정은 침묵과 분주함으로 뒤섞여 있었다. 메
를리니가 레포데포에 걸려 사경을 헤매고 있다는 소식이

사실로 확인된 지 오래였다. 그녀의 투병 생활로 인해 변화하는 정치계 판도. 그리고 불안정한 궁정의 미래로 궁인들의 반응도 천차만별이었다.

애초에 왕비 측으로 붙어 있었던 세력은 축제 한 마당이었다. 왕비 에리도 마찬가지였다. 그녀는 자신이 상상할 수 있었던 최고의 상황이 넝쿨째 굴러 들어와 기뻐 죽을 지경이었다.

기존에 바랐던 대로 국왕 레이드가 무사회생하면서 듣도 보도 못한 후계자 선정이 가라앉은 게 최고였고, 덩달아 메를리니가 레포데포로 죽어 간다는 소식에 박수가 절로 쳐졌다.

이대로 메를리니가 숨을 거두면 사실상 궁정에 나돌고 있는 기류는 그대로 정리가 되니 참 이해하기 쉬운 전개였다.

레이드가 국정을 뒤로하면서까지 메를리니를 살리기 위해 노력하고 있었으나, 레포데포는 또 한 번의 기적이 일어나지 않는 한 나을 수 없는 악성 질환이었다. 한 치 앞을 볼 수 없었던 대립이 하늘의 간섭으로 결정이 날 시점이었다.

대부분의 궁인들은 하늘이 에리를 선택했다며 노선을 갈아타기 시작했다.

왕태후의 여섯 기사이자 왕실 대마법사 신분이었던 차코 하밀도 선택의 기로에서 고민을 하다가 어렵게 결정을 내렸다. 르나이아가를 만나보기로 한 것이다.

"안녕하십니까. 르나이아가 님."

"누구?"

"차코 하밀이라고 합니다. 왕태후 마마를 모시는 여섯 기사 중 하나라고 하면 이해가 빠르시겠지요."

차코는 정중히 예를 갖췄다.

콩이 말했던 대로 목표 대상이었던 르나이아가는 후궁전에 머물고 있었다. 그는 후궁전 정원 수풀에 누운 채 자연의 향기를 만끽하는 중이었다. 차코가 찾아와 인사를 건넨 직후에도 자리에서 일어나진 않았다. 그나마 양반다리로 앉아준 것만도 꽤 예의를 차려준 것 같았다.

"그래서 내게는 무슨 일로?"

"빈궁 마마의 건강 문제로 찾아왔습니다."

"빈궁? 메를리니를 말하는 건가."

"아…… 예. 그렇습니다."

차코는 르나이아가의 태도가 몹시 어색했다. 자신에게 반말투로 말하는 건 크게 상관없었으나, 빈궁에 대한 호칭까지 이럴 줄은 몰랐다. 굉장히 신선한 충격이었다.

르나이아가가 퉁명스럽게 툭 던졌다.

"그래서 메를리니의 건강을 어떻게 돕는다는 것인지?"

"빈궁 마마께서 앓고 계신 레포데포를 낫게 할 방법이 있습니다. 그러기 위해선 귀공의 도움이 꼭 필요합니다."

"엥? 나는 의사도 아니고 마법사도 아닌데."

"모름지기 누구나 자기에게 맞는 일이 있는 법입니다. 귀공이 누구를 좀 만나주시면, 마마의 병을 낫게 할 수 있습니다."

"정말? 그렇다면 당장이라도 만나주겠어. 빨리 안내해주쇼."

메를리니를 치료할 수 있다는 말에 귀가 솔깃해진 르나이아가의 태도가 급변했다. 방금까지 적대시했던 게 맞나 싶을 만큼 친근감이 있었다.

극과 극의 태도를 보며 차코는 한편으로 마음이 놓였다. 이렇게 단순한 사람을 만나는 게 얼마만인지. 오랜 궁중 생활로 그 또한 순수한 멋을 잃은 지 오래였다.

"자세한 내용은 가면서 알려드리겠습니다. 가시죠."

"그래, 시간도 없고. 빨리 갑시다."

콩이 머무는 방으로 향하는 동안 르나이아가는 몇 번이고 표정의 변화를 가졌다. 차코의 설명이 있고서부터였다.

때로 싱긋 웃다가도 양미간을 찌푸리는 등, 얼굴에 기분을 그대로 드러내다시피 했다. 처음에는 왜 그러나 싶었지만 이내 차코는 콩의 방에 들어서고 금방 이해가 갔다.

콩의 자신만만하다 못해 의기양양한 태도. 그리고 르나이아가의 분해하는 표정. 이 두 가지만으로 상황이 인지됐다.

"이야기는 차코 님으로부터 얼추 들으셨죠?"

"그러게. 네가 기다리고 있단 말이었지 아마."

"루티아르 왕국의 후계자 싸움에서 누가 승리하든 저는 별로 관심이 없어요. 제가 원하는 건 성수족 중에서도 명성이 자자한 은랑 레비나스의 아들 되시는 당신의 진면모예요. 당신한테는 에티로카에서 크게 신세를 졌었죠. 제 친구노란 사슴 황운에게도 이런저런 굴욕을 주셨고요."

"그래서 원하는 게 뭐야?"

"글쎄요. 당시 저는 그 시기에 두 번이나 그 약속을 지키지 못했었죠. 결과적으로 포보크 상단주를 파멸로 인도했던 메를리니 후궁에게 도움을 준다는 것이 꺼림칙할 정도로요. 그녀 덕분에 세 번째 기회조차 잃어버리게 된 꼴이니까요. 그때 이후로 저는 자존심에 심하게 금이 갔고, 삶의목적을 상실한 것 같은 기분도 들어요. 이 점에서는 차코

님도 동의하시겠죠?"

차코는 말없이 고개를 끄덕여 수긍했다. 기사들이 명예를 중시하듯이 마법사들도 나름의 각오는 존재했다. 특히 신탑에 근간을 두는 이들은 대대로 대현자의 가르침을 뿌리로 각자의 신념을 지키고 다녔다.

방금 말로 미루어보아 콩의 인생 관념은 받은 것에 대한 보답이었다. 그게 허기졌을 때 빵 한 조각을 받는 경우든, 궁전 같은 저택을 하나 선물 받은 거든, 가치의 정도에는 의미가 없었다. 받았다면 보답하는 것. 그 인생 기준을 어긋나게 했다면 자존심에 금이 갈 만도 했다.

콩은 폴짝 테이블 위에 앉았다.

"성수족은 대대로 긍지가 강하죠. 살아온 날도 많거니와 인간과 거리를 둔 삶이 여러모로 작용한 탓이겠죠. 르나이아가, 당신도 고집이 세고 예의를 모른다는 점에선 별반 다를 게 없어요. 당신의 그 건방진 태도는 모두 자신에 대한 우월감에서 나오니까요."

르나이아가는 말없이 주먹을 부르쥐었다. 콩의 말이 완전히 틀린 게 아니었지만 어쨌든 기분이 나빴다. 하물며 에티로카 전에서는 르나이아가도 꽁무니 빠져라 후퇴했었기에 그의 자존심도 몹시 상했었다. 거기다 지금 맞이하고 있는 이 자리도 굉장히 거북했다.

그래도 방법이 이것밖에 없다면, 어찌할 도리가 없었다.

털썩—

르나이아가는 방바닥에 무릎을 꿇었다. 고개를 푹 숙여서 자세를 낮추는 것도 잊지 않았다.

"……."

콩과 차코는 르나이아가의 행동에 말문이 막혔다. 딱 봐도 자존심으로 똘똘 뭉쳤을 사내가 무릎까지 꿇는다는 게 믿어지지 않았다.

콩은 흠흠, 목소리를 가다듬었다.

"당최 이해할 수 없네요. 황운은 제게 어떤 실수를 하더라도 무릎을 꿇거나 하진 않았는데. 당신에게 메를리니라는 여성이 그렇게 중요한 사람인가요? 혹 그녀를 연모하기라도 하나요? 성수가 인간을?"

"……되지도 않는 소리는 삼가 줘. 아버님의 전례로 나는 그런 미련한 짓은 하지 않아. 어디까지나 약속을 위해서다. 내 팔과 다리, 어느 하나를 앗아가도 좋아. 내 생명을 보전시킬 수 있다면 내 심장을 가져가도 좋아. 나는 메를리니라는 여인이 이끌어 갈 미래를 보고 싶을 뿐이야. 유리 그림자 산맥에서 그녀의 뒤를 따라온 건 순전히 그런 이유였으니까."

"일종의 맹약 같은 거군요."

"멋대로 생각해. 너의 자긍심에 상처를 준 대가로 내 팔을 가져갈 거라면, 자, 여기 있으니 마음대로 하라고."

르나이아가는 양팔을 쭉 내밀었다. 마치 무릎을 꿇은 채 동냥을 하고 있는 거지의 꼴과 진배없었다. 바로 대답을 주지 않고 뜸을 들여도 르나이아가의 저자세는 변하지 않았다.

콩은 고개를 갸웃거리다가 실소를 터트렸다. 절로 터진 웃음을 겨우 참을 때까지도 상황은 그대로였다. 저만치 거리를 두고 지켜보고 있었던 차코의 이마로 식은땀이 맺혔다.

"흐음. 정말 의외네요. 르나이아가 당신이 이토록 낮은 자세를 견지할 줄은 몰랐어요. 역시 저도 상대를 보는 눈이 아직 부족한가 봐요. 자, 일어나세요."

"……그래서 대답은?"

르나이아가는 얼얼한 양팔을 어루만졌다. 무릎은 여전히 꿇고 있는 상태였다.

"원래부터 저는 당신한테 이런 걸 바라진 않았어요. 제가 나이는 어려도 나름 산전수전 다 겪은 남자라고요. 이왕이면 제 자존심을 정당한 방법으로 회복하고 싶었어요. 무법의 요새에서 다 하지 못한 승부를 마무리하고 싶어요. 승패 여부는 차코 님이 증인으로 서주시면 되겠고요."

콩은 차코와 눈짓을 주고받았다.

이윽고 세 사람은 장소를 옮기기로 했다. 대뜸 왕궁 안에서 성수족 사내와 천재 마법사가 결투를 벌였다가는 큰 난리가 날 게 자명했다. 콩이 자기가 평소 눈여겨본 장소라며 데려간 곳은 군사 훈련장이었다.

이미 병사 몇몇이 장교의 지시를 받으며 훈련하고 있었지만, 차코가 나서서 양해를 구했다. 말이 양해지, 왕태후의 여섯 기사이자 왕실 대마법사의 영향력은 무시할 수 없었다.

군사 훈련장은 두 사람이 무슨 짓을 해도 지장이 없을 만큼 드넓었다.

콩은 모의 전투를 위해 마련된 이 장소야말로 르나이아가와의 결투 장소로 가장 최적화돼 있다고 판단했다.

너른 평지에는 르나이아가가 몸을 숨길 어떤 엄폐물조차 없었다. 물론 르나이아가도 자신의 뛰어난 기동력을 한없이 발휘할 수 있단 점에서 마냥 불리한 것도 아니었다.

"슬슬 시작하죠."

"누가 이기든 약속은 지켜주는 거겠지?"

"거듭 말씀드리지만 저도 한 명의 남자예요. 자, 그럼 시작해 볼까요."

콩의 입에서 주문 영창이 시작됐다. 낌새를 알아차린 르나이아가가 재빨리 달려들었으나, 어느새 나무 장벽이 생겨나 접근을 막았다. 그와 동시에 하늘에서 얼음비가 쏟아져 내렸다.

"쳇. 역시 보통은 아니구만."

르나이아가가 옆으로 이동할라치면 나무 장벽이 앞을 막아섰다. 다시 움직이려는 순간, 나무장벽 건너에서 어떻게 조준했는지 불꽃 폭탄이 허공에 생성됐다. 제대로 피할 겨를도 없이 불로 만든 폭탄들이 연쇄 폭발을 일으켰다.

"쳇."

르나이아가는 왼팔에 남은 폭발의 잔재를 털어 냈다. 잠시 거리를 두고 어디를 통해 접근해야 할지 고민해 봤다.

그때 땅바닥에서 바위 송곳이 튀어나와 르나이아가를 덮쳤다. 가쁜 호흡을 조절하며 간신히 피해 내고 다시 콩에게 달려들었다. 나무 장벽이 생겨나면 이전에 그랬던 것처럼 나무를 올라타는 방식을 취했다.

르나이아가가 올라가는 만큼 계속 자라나는 나무의 형상

을 지켜보며 차코와 병사들은 침을 꿀꺽 삼켰다. 그들은 너나 할 것 없이 자신의 눈을 의심했다.

특히 차코는 자신이 왕실 대마법사라고 칭해지는 것에 굉장히 낯간지러울 지경이었다. 물론 지금까지 펼친 콩의 마법을 그 또한 펼칠 순 있었다. 하지만 나이 대에 맞지 않는 천부적인 재능만은 인정해 줘야 했다.

르나이아가가 나무 장벽이 자라는 속도를 상회해서 건너편으로 넘어오자, 아래에서부터 콩의 날카로운 외침이 울려 퍼졌다.

"걸려들었군요!"

콩의 양손에서 화염과 냉기가 어우러져 공기 중으로 산개했다. 얼음과 불이 자아내는 장벽이 르나이아아가의 이동 경로를 막아 버렸다. 그러나 그는 멈추지 않았다. 돌진하는 기세를 누그러트리지 않고 그대로 장벽을 뚫고 들어갔다.

"이야. 역시 대단하군요! 그럼 이건 어떨까요? 대지의 독니!"

지반에서 돌로 만든 뱀들이 튀어나와 르나이아가를 덮쳤다. 얼거나 타 버린 몸을 털어 내느라 미처 대응하지 못한 르나이아가는 그대로 몇 마리에게 허벅지와 종아리를 물렸다. 고통에 신음을 토해 낸 사이, 정면에서 거대한 나무 기둥이 쳐 올라왔다.

"하, 엄청난 게 오는구만."

르나이아가는 서둘러 돌뱀들을 부숴 버렸다. 그리고 바로 앞까지 다다른 나무 기둥의 뭉툭한 앞부분을 응시했다. 그건 정말 찰나의 순간이었다. 나무기둥 가장자리에 손을 올려 몸을 살짝 비틀려고 했던 르나이아가는 이내 손아귀 힘을 놓았다.

콰직—!

묵직한 소리가 울렸다.

나무 기둥에 부딪힌 충격으로 정신이 아찔했다. 르나이아가는 힘없이 땅바닥으로 추락한 것도 모자라 추한 꼴로 나자빠져 버렸다.

고결한 은랑의 핏줄로 태어나 이토록 처참하게 쓰러진 적이 또 있었던가. 스스로도 어이가 없어서 헛웃음이 절로 나왔다.

콩이 천천히 걸어왔다.

"르나이아가, 제 손을 무안하게 하는군요. 왜 일부러 피하지 않은 거죠? 저는 당신의 다음 행동에 맞춰 마법을 준비하고 있었다고요. 당신은 겨우 그 정도 공격에 주저앉을 사람이 아니잖아요."

르나이아가는 넝마 같은 몸을 겨우 대 자로 눕혔다. 갈비뼈가 몇 개 나갔는지 숨쉬기도 힘들었다. 헛웃음이 계속 흘러나오면서도 기분이 나쁘진 않았다. 콩의 목소리도 똑똑히 들려왔다.

"쳇…… 하여간 귀신같은 꼬맹이구만……."

"긍지 높은 은랑의 아들이 왜 그런 거죠?"

"하…… 누가 이기든 상관없다고 했잖아. 그 시점부터 승패는 중요치 않았다. 그래도 치기 어린 네가 또 어떤 변덕을 부릴지 누가 알겠냐. 뭐 그걸 떠나서 지금 널 엉망진창으로 만들어 버리거나 다치게 하면, 그 여자 치료는 누가 해 줄 건데."

"……정말이지 할 말이 없네요. 결국 또 무승부로 남겨 두는 건가요. 아까도 말씀드렸듯이 저는 어리지만 그래도 남자입니다. 그것도 신탑*요네룬의 자랑스러운 마법사라고요. 한 번 한 약속을 어길 정도로 망나니는 아니에요."

콩은 한숨을 푹 내쉬더니, 자그마한 손을 내밀었다.

"자, 일어나세요. 이번은 이렇게 끝내겠지만, 당신과의 승부는 아직 끝난 게 아니에요."

"아아…… 이 은혜는 잊지 않으마."

르나이아가는 콩의 손을 붙잡고 일어나 앉았다. 엇나간 갈비뼈가 욱신거렸지만 어떻게든 고통을 견뎌냈다. 차코가 헐레벌떡 달려와 치료마법을 걸어줄 때까지도 이를 악물고 참아냈다.

이윽고 몸이 치유되는 걸 느낀 뒤에야 피로에 몸을 맡겼다. 진짜 누구 때문에 평화로운 유리 그림자 산맥에서 나와 이렇게 고생하는지. 망할 질병이 낫고 눈을 뜨기만 해 봐라, 그 면전에 대고 욕설을 마구 퍼부어주고 말리라……

*　　　*　　　*

황금색을 띠는 빛 덩어리가 메를리니의 몸으로 스며들 듯 사라졌다. 영롱한 빛 가루가 그녀의 몸 이곳저곳에 나타나며 찬란함을 뽐냈다.

차코와 주치의는 구석 언저리에서 멍하니 치료의 장면을 지켜봤다. 콩의 작디작은 손놀림으로 이어지는 영험한 빛의 향연은 좀처럼 보기 힘든 장면이었다.

콩의 두 손이 수포가 난 메를리니의 몸 이곳저곳을 훑고 지나갔다. 붉게 부풀어져 있던 부기가 스르르 잠들면서 피부가 원래의 모습을 보이기 시작했다. 콩은 다시 금빛 가루를 성수에 적셔서 손에 묻혔다. 콩의 몸에서 발현된 마력과 공명을 일으킨 가루가 노란빛을 발했다.

"후우……."

숨을 가다듬으면서 치료에 열정을 다했다. 메를리니의 몸에 나 있던 수포가 모두 가라앉고 얼굴에도 생기가 감돌기 시작했다. 복중 태아의 상태도 크게 문제가 없었다.

콩은 뺨을 타고 흐르는 땀을 훔치며 빙그레 웃었다. 마지막으로 서비스 차원에서 자신이 펼칠 수 있는 최고의 회복 마법으로 메를리니의 몸을 덮어주었다.

"후아…… 이제 끝났네요. 저, 물 좀 주시겠어요?"

"아, 여기 있습니다."

콩은 차코가 가져다준 물로 목을 축였다. 정말이지 새삼 깨닫는 중이었다. 생명을 죽이는 것보다 살리는 것이 몇 배로 더 힘들다는 것을.

차코가 물었다.

"빈궁 마마는 괜찮으신 겁니까?"

"네. 금방 정신이 들 거예요. 왕의 핏줄도 무사하네요. 진짜 운이 좋았던 거예요. 레포데포는 임산부에게 최고로 위험한 질병 중 하나이니까요."

"그렇군요. 정말 다행입니다."

차코는 가슴을 쓸어내리며 안도의 숨을 내쉬었다.

콩도 덩달아 기분이 좋아졌다. 스스로에게도 대견하다는 칭찬을 해 주고 싶었다. 자신에게 붙여진 천재 마법사라는 별명에 새삼 자부심을 느꼈다. 찌뿌드드한 몸을 뿌드득, 기지개를 켜며 풀어 주었다.

그때 메를리니가 끄응, 소리를 내며 정신이 들었다.

세 사람의 시선이 모두 메를리니에게로 꽂혔다. 그들 모두는 메를리니의 건강한 모습에 기뻤다. 만면에 드러난 기쁨이 메를리니에게도 전해졌다. 그녀는 도통 무슨 일인지 모르겠다는 얼굴이었다.

"차코 하밀 경? 오렌 주치의? 그리고…… 에…… 어디서 봤더라?"

"콩이라고 합니다. 제가 빈궁 마마의 병을 치료해드렸어요."

"병? 내가 무슨 병이라도…… 아니, 전하는…… 전하는 어떻게 되셨죠?"

그 물음에는 차코가 대답했다.

"레이드 전하께서는 무사하십니다. 모두 빈궁 마마의 진심이 낳은 기적이지요. 마마께서도 레포데포에 걸려서 사경을 헤매셨지만, 앞에 계신 천재 마법사 콩님의 도움으로 나으실 수 있었습니다. 물론 복중 태아도 무사하십니다."

"아…….."

메를리니는 그제야 배를 어루만져보았다.

심장이 쿵쾅거리듯 배에서 또 하나의 생명이 숨 쉬는 게 느껴졌다. 그이도 살았다고 하고, 아이도, 자신도 모두 무사하다는 게 뒤늦게 실감이 갔다. 눈물이 뺨을 타고 흘러내렸다. 이내 그녀는 목이 멘 목소리로 입을 열었다.

"……콩이라고 했던가요?"

"네. 마마."

"기억났어요. 무법의 요새에서, 그리고 전하의 대관식에서도 만났었죠?"

"네. 무법의 요새에서 저랑 도박을 즐기신 적이 있었고, 국왕 전하의 즉위식에서도 지나가듯 뵈었었죠."

"앞서 두 번의 만남 모두 저의 편은 아니었던 걸로 기억해요. 지금도 에리 왕비님의 수행원으로 알고 있는데…… 생명의 은인에게 주제 넘는 언사겠지만, 저를 살렸다는 소식이 그녀에게 들어간다면……."

메를리니는 천천히 말끝을 흐렸다.

그녀가 왜 그러는지, 알 것 같았다. 콩은 어깨를 가볍게 으쓱했다.

"괜찮아요. 그저 당분간 실업자가 되는 정도겠죠."

"그게 걱정되는 거예요. 저를 위해 그렇게까지 해야 할 만큼, 돈독한 사이도 아니었는데…… 어째서?"

메를리니는 진심으로 걱정되고 미안했다. 그녀가 옳았던 대로 두 사람 간에는 희생을 바탕으로 도움을 줄 어떤 의리나 정이 없었다. 도박장에서 합을 겨뤘던 것? 즉위식에서 마주쳤던 것? 그 어느 하나 우군보다 적군에 가까운 사이였다.

콩은 차분히 목소리를 가다듬고 말했다.

"빈궁 마마와 저의 관계는 이미 충분한 이해관계가 성립된 상태예요. 레페리 데미우스 공도 분명 뛰어나고 훌륭한 분이지만, 빈궁 마마를 모시는 이들도 그분 못지않던 걸요. 에티로카 상업대전의 경과를 지켜보며 어렴풋이 느꼈지만, 역시 빈궁 마마의 그릇은 결코 작지 않으세요. 으흠, 뭐 일단 이 이야기는 접어 두고요."

손가락을 어루만지더니 검지로 스스로를 가리켰다.

"제가 어떻게 보이세요? 평범한 소년으론 보이지 않으시죠? 나름 천재 마법사라서 저를 고용하려는 사람들은 넘쳐나요. 그러니 실업자가 된다든가, 신의를 잃어버린다든가, 그런 단순한 문제가 아니에요. 마마를 살려드리기 위한 선택은 제 가치관을 넘어서는 선택이었으니까요."

"그럼 그 가치관을 위해 새로운 직업을 구해 보시는 건 어떨는지, 가령 저를 위해 일해 주신다거나."

콩은 고개를 절레절레 흔들었다.

"그래도 신의는 지켜야죠. 이미 한 번 약속을 어겼는데, 어떻게든 그에 상응하는 보답을 해 주기는커녕 또 빚을 질 순 없어요. 에리 왕비님께선 저를 해고하고 그 이상의 대가를 치르라고 할지도 모르죠. 하나 그것 또한 제가 저지른 불의에 대한 정당한 대가. 그분에 대한 보답은 제가 앞으로 어떤 식으로든 갚아드릴 참이에요. 빈궁 마마, 덕분에 새로운 경험도 하고 나쁘지 않은 기회였어요. 언제고 인연이 닿는다면 또 뵙도록 하죠."

신탑 요네룬의 뜻을 몇 번이고 저버릴 순 없는 노릇. 콩은 자신이 한 말에 내심 뿌듯했다. 그는 정중히 인사를 올리고 방을 나섰다. 뒤따라 나온 차코에게도 사형에 대한 예의를 충분히 갖춰드렸다.

이제 왕비궁으로 돌아가면 에리 왕비에게 된통 으름장을 듣고 실업자가 될 거란 사실은 불 보듯 뻔했다. 그리 긴 기간을 함께한 건 아니었으나 얼추 왕비의 성격이 어떤지는 알고 있었다. 무엇보다 단 한 방으로 숙적을 처치할 수 있는 기회를 날려버렸으니, 당장 목이 날아가도 이상할 게 없겠지 싶었다.

"후우. 이번에 내 의지를 관철하는 건 엄청 힘들겠는걸."

그래도 걸음만큼은 당당했다. 어떤 식으로든 에리 왕비에게는 이번 잘못에 대한 사과의 의미로 이에 상응하는 무언가로 보답할 생각이었다.

아무래도 상업도시 에티로카에서 포보크 상단주에게 고용됐을 때부터 지금까지, 또 앞으로 꽤 긴 시간을 루티아르 왕국에서 지내게 될 것 같았다.

괜스레 웃음이 삐져나왔다.

그 아이 때 얼굴에 맞는 천연덕스러운 미소였다.

*   *   *

사건사고가 끊이지 않는 루티아르 왕궁은 악몽의 병이 휩쓸고 지나간 뒤, 새로운 국면에 접어들었다.

후궁 메를리니가 얼마간 여행을 떠나기로 한 것이 레포데포 이후 가장 큰 변환점이었다.

콩의 은혜로 레포데포 자체는 나았지만, 전체적으로 심

신이 엉망이 된 탓이었다. 주치의는 안정적인 출산을 위해 충분한 휴식을 취할 필요가 있다고 진단을 내렸다.

메를리니는 심신의 안정을 취하기 위해 남동 지방에 위치한 낮의 신전으로 순행을 떠났다. 행선지를 워낙 급작스럽게 정한 까닭에 남동 지역의 유지들은 벨벳이며 실크를 있는 대로 긁어모으느라 법석을 떨었다.

임신부가 맞나 싶을 만큼 아름다운 미모의 메를리니가 남동 지방의 거리를 지날 때면 수많은 백성들이 길거리로 나와 환영해 주었다.

붉은 왕태자비라고 불렸던 기억이 그리 오래전이 아니었다. 세력의 우두머리들은 어떨지언정, 적어도 백성들은 메를리니를 열렬히 지지했다. 그 열기에 화답을 안 해 줄 수 없었다.

마차에서 사뿐히 내리니, 분홍과 검정 실크로 만든 드레스가 백성들 앞에 드러났다. 정열적인 붉은 머리에는 망사와 깃털, 보석으로 장식한 모자를 슥 눌러썼다. 챙이 넓은 모자를 살짝 젖혀서 얼굴을 보이니 백성들의 목소리가 푸른 하늘을 가득 메웠다.

"시끌시끌한데도 전혀 기분이 나쁘지 않아. 그렇지 않니, 유지니?"

"네. 저도 마음 같아선 같이 소리 지르고 싶은 심정이에
요."

"응. 나도 아이가 없었으면 방방 날뛰었을 거야."

메를리니는 천진난만한 얼굴이었다.

백성들의 행복에 겨운 목소리를 듣는 것만으로도 몸이
건강해지는 기분이었다. 그녀는 마차를 뒤로하고 천천히
걷기로 했다. 수행원들이 혹시 모를 위험에 대비하며 뒤를
따랐다.

생각보다 수행인원의 수는 간소했다.

왕의 아이를 밴 후궁을 모시는 이들이라기엔 무척이나
적은 인원이었다. 레이드는 더 많은 인원을 데려가라고 했
지만, 메를리니가 괜찮다며 소수 인원을 꾸려 데려왔다.

그 점이 백성들은 더욱 마음에 들었다. 화려한 왕족이나
귀족을 동경하는 백성들이지만 검소한 왕족이나 귀족에 대
한 환상도 가지고 있었다. 때문에 자신의 환상을 이루어주
는 메를리니에 대한 환호는 당연한 일이었다.

남동 지방에서 가장 큰 축에 속하는 도시 유디노를 가로
질러 유리 그림자 산맥의 한 축까지 다다랐다. 은랑 레비나
스와 이르에를 만났던 지역과는 다소 거리가 있는 곳이었
다.

온천으로 유명하다는 낮의 신전이 목적지였다.

그곳은 심신 안정에 탁월하기로 유명했다. 산속 깊숙이 지어놓아 공기도 좋았고, 무엇보다 성수라고도 일컬어지는 온천물이 그렇게 몸에 좋을 수 없었다.

새하얀 대리석으로 지어놓은 낮의 신전이 슬슬 눈에 들어왔다. 멀리서 멍 하니 쳐다봤다간 설산의 한 조각인지 신전 건물인지 헷갈릴 것 같았다.

낮의 신전을 관리하는 대신관 라르고가 신관들과 함께 마중을 나와 있었다. 점잖은 인상에 따뜻한 미소를 간직한 중년의 사내였다. 다른 신관들도 모두 선한 인상이라 과연 낮의 주신 르베이안을 모시는 신의 대리인들이다 싶었다.

메를리니가 얼마간 묵을 방은 당연히 낮의 신전에서 가장 화려하고 깨끗한 곳이었다. 신전 밖 설산의 쌀쌀함이 무색할 정도로 따뜻했다.

원한다면 언제라도 온천수에 몸을 담글 수 있도록 항시 데워져 있는 목욕탕도 구비돼 있었다. 궁전의 시설에 결코 뒤지지 않을 옷장, 화장대, 창가, 침실, 모두 고급스러웠다.

"과연 예로부터 왕실의 여인들이 신세 질만한걸."

둘러보면 둘러볼수록 감탄이 절로 나왔다. 메를리니는

매우 만족스러웠다. 모든 건 복중 태아의 건강을 위해서였다. 일국의 왕비가 되겠다는 의지가 아닌, 한 아이의 어머니로서.

＊　　　＊　　　＊

한편 수도에서는 메를리니의 빈자리를 기회로 삼으려는 무리와, 빈자리를 지키려는 무리의 보이지 않는 대립이 한창이었다.

메를리니가 어머니로서의 선택을 한 것까지는 좋았다. 그러나 그녀의 선택으로 정치적 판도가 기우는 건 어쩔 수 없었다. 그녀 또한 그것을 우려했으나 아이가 무사히 세상에 나오길 바라는 마음이 더 컸다.

루티아르의 역대 왕비들은 간혹 낮의 신전을 찾아가 무사 출산을 기원하곤 했지만, 모든 여인들이 그러진 않았다. 어디까지나 순산 여부가 위태로운 입장의 여인들만이 동아줄이라도 잡는 심정으로 찾아가는 곳이 낮의 신전이었다.

더욱이 임신부에게 치명적이라는 레포데포에 걸려 사경을 헤맸던 후궁이 낮의 신전으로 들어갔다는 게 결정적이었다. 실제로 메를리니 또한 순산에 대한 확신이 부족했고,

그래서 휴식 여행에 임한 게 맞았다.

"이 서신은 야드 남작에게, 이건 데이비드 자작에게. 그리고 이건…… 으음, 어디였더라."

"선틀 백작이 아닙니까."

"아아, 그랬군. 나이가 들어서 자꾸 깜빡한단 말이야. 그럼 선틀 백작에게도 보내도록 하게."

"예. 차질 없도록 하겠습니다."

"암암. 그래야지. 수고하게나."

레페리는 수염을 부드럽게 쓸어내렸다. 메를리니의 휴식 여행으로 가장 바빠진 건 그였다.

메를리니가 그대로 악몽 속으로 잠들었으면 모든 게 순탄했는데. 안타깝게도 콩의 배신 아닌 배신으로 메를리니가 살아난 게 문제였다.

에리의 분노로 훌륭한 인재였던 콩을 떠나보낸 것도 큰 차질이었다. 콩 정도의 천재 마법사는 곁에 두면 여러모로 쓸 만한 편이었다.

이번처럼 예상치 못한 변질로 뒤통수를 때리긴 했어도 신탑 요네룬의 신의에 대해선 이전에 겪어봐서 잘 알고 있었다. 떠나기 전, 콩은 레페리에게 어떤 식으로든 보답하겠다며 약조를 나누기도 했었다.

상당히 큰 손해였지만 지나간 일에 얽매일 수도 없는 노릇. 어찌해야 할지 고민에 고민을 거듭하고 있었던 레페리는 뜻밖의 소식에 기회를 되잡았다. 메를리니가 휴식 여행차 낮의 신전을 방문한다는 정보가 그것이었다.

"슬슬 때가 된 게지. 지금 쐐기를 박지 못하면 걷잡을 수 없게 될 테니……."

레페리는 자신이 동원할 수 있는 모든 전력을 끌어 모아 메를리니의 세력권을 모두 흡수해버릴 계획이었다. 국왕의 총애고 뭐고 왕자 출산에 차질이 생긴다면 그걸로 끝이었다.

낮의 신전에 찾아갔다는 것부터 많은 이들의 머릿속에 의문을 새겨 줄 근거 덩어리였다. 늙은 정치가의 입에서 달콤하고 구수한 몇 마디가 흘러나오는 정도로 충분히 마음이 흔들릴 터.

그렇게 생각하니, 메를리니와 아직 태어나지도 못한 배 속의 아이가 안쓰럽단 마음도 들었다.

"흐름이란 잔혹한 법이지. 분명 후궁 또한 난적이라고 명명할 수 있을 훌륭한 여장부는 맞지만. 모든 것은 황제 폐하와 제국의 영광을 위함인 게지. 아암, 그렇고말고."

레페리의 계획은 순차적으로 진행됐다.

데미안이나 여타 친메를리니 쪽 사람들이 진행 속도를 늦추긴 했으나, 명백한 사실을 앞두고 한계점이 보였다.

　정작 당사자는 낮의 신전에서 휴식을 취하고 있는 가운데. 메를리니의 입지는 점점 좁아지기 시작했다.

＊　　　＊　　　＊

　그윽한 향기가 물씬 풍겼다.

　따뜻한 온기에 나른한 몸을 기대고 물속에 들어가 있으니 오만 생각이 들었다. 정치 이야기를 떠올릴 때면 머리가 지끈거렸고, 태어났을 아이의 모습을 상상할 때면 미소가 절로 지어졌다. 온천수에 몸을 담그고 있는 동안은 되도록 행복한 생각만 하고 싶었다.

　"후우……."

　메를리니는 뜨끈뜨끈한 물속에 쏙 들어갔다가 슥 나왔다. 성수라고 불리는 온천물을 한 줌 쥐어서 마셔봤다. 온수가 목을 따라 쭉 흘러들었다. 얼굴에서부터 몸 아래까지 스르르 따뜻해지는 느낌이었다.

　"정말 마음까지 따뜻해지는 기분인걸. 이곳은 마치 천국 같아. 그 무서운 왕궁과 달리 평화로움 그 자체랄까. 요즘 수도에선 천사가 천사를 낳는다든가, 혹은 악마가 악마를 낳는다든가, 하는 소문들이 끝없이 퍼지고 있다던데."

"헛소문은 헛소문일 뿐입니다, 마마."

"그래. 유지니의 말처럼 헛소문에 일일이 연연하지 마. 메를리니, 너는 그런 소문에 좌지우지되는 위인이 아니잖아."

때로 그냥 툭툭 던지는 건지, 불길한 소리를 읊는 메를리니를 볼 때면, 유지니와 이르에는 걱정 반, 우려 반이었다. 함께 온천수 목욕탕에 들어와 있는 지금도 불안한 마음이 들어버렸다. 이런 곳에서만큼은 메를리니가 즐거운 이야기만 했음 하는 마음이었다.

두 사람의 심정을 아는지 모르는지 메를리니는 가만히 온천물을 내려다봤다. 투명한 물속으로 불룩 나온 배가 도드라졌다. 처음과 비교하면 배도 많이 불룩해졌다.

"어느새 이렇게 자랐구나."

문득 12년의 회귀 전이 떠올라, 두 손으로 배를 부드럽게 어루만져 보았다. 오랜 절망의 시간을 지나 겨우 얻었던 아이를, 태어난 모습을 보지도 못한 채 떠나보내야 했던 그때, 참으로 많은 생각이 머릿속을 스쳐 갔었다.

시어머니를 증오하고 원망했던 게 어느새 오랜 옛 기억

인 양 가물가물한가 싶기도 했다. 우습게도 지금은 분노의 대상인 시어머니와 싸우고 있는 게 아니라, 제국의 황녀를 맞상대로 두고 있었으니까.

"인생이란 덧없으면서도 참으로 신기한 것 같아."

메를리니는 빙긋 웃는 얼굴로 이르에와 유지니를 돌아봤다.

의아한 얼굴로 마주 보고 있는 두 사람을 만난 것도 행운은 행운이었다. 그때 비운의 죽음을 맞이하면서 탄생의 여신과 죽음의 신을 만나지 못했다면, 이 두 사람과 인연이 닿을 일도 없지 않았을까. 그리 생각하면 이렇게 된 것도 나름대로 좋았다.

"이르에, 유지니. 이 아이가 태어나면 너희가 이모? 같은 존재가 되려나."

이모라니…… 상상도 못한 언사에 이르에와 유지니는 뭐라 답을 주지 못했다.

메를리니가 키득, 웃음을 머금었다.

"아빠, 엄마는 있고. 외가 쪽으로 할아버지와 할머니도 있잖아. 하나뿐인 삼촌은 불의의 사고를 당했고. 이모는 애초에 없었으니까. 이왕이면 가족 구성원이 모두 있는 게 좋지 않겠어? 아아, 물론 공개적으로는 못 할지라도, 이모 같은 사람들이 있으면 좋잖아."

"그, 그렇군요. 그런 이유라면 저는 상관이 없어요."

"아아. 나도 크게 문제 될 건 없어. 이참에 르나이아가나 데미안도 삼촌으로 등극시키지 그래. 외삼촌이면 좋겠네."

나 혼자 죽을 순 없다는 심보였다. 그녀의 의도를 눈치 챈 유지니도 얼른 가세해 힘을 보태주었다. 졸지에 르나이아가랑 데미안은 왕족의 외삼촌이 되고 말았다. 정작 당사자들은 자리에 있지도 않았는데.

"좋아. 어느새 가족이 완성되었는걸. 우리 아이가 태어난 세상은 평화와 행복으로 가득할 거야. 이렇게 좋은 이모들과 삼촌들이 있으니까."

"물론이지. 나 같은 이모가 또 어디 있겠어. 왕자님이든 공주님이든 자기방어는 할 수 있도록 잘 가르치도록 할게. 기본 호신술 정도는 가르쳐도 괜찮잖아?"

"응. 무술도 가르쳐 주고, 창술, 검술, 궁술, 더 나아가 마법까지. 아예 콩처럼 훌륭한 마법사가 될 수 있도록 어릴 때 신탑 요네룬으로 유학이나 보내놓을까. 하, 정말 태어나면 이것저것 다 해 주고 싶어."

메를리니는 부드러운 손길로 배를 쓰다듬어 주었다.

"그러기 위해선, 우리 아이가 태어나기 전에 어떻게든

종지부를 찍어야겠지. 죽이고 죽이는 살얼음판 같은 궁정을 걷게 하고 싶진 않아. 누구보다 영예롭고 행복한 대우를 받는 아이로 키우고 싶어. 내가 겪었고 또 겪고 있는 왕궁의 피 튀기는 현실을 이 아이가 느끼는 건 상상만으로도 끔찍하니까."

"왕비와의 종지부라…… 그건 그쪽에서도 마찬가지겠지. 실제로 밀리고 있는 건 우리기도 하고. 레페리 데미우스, 그 늙은 너구리가 존재하는 한 쉽지는 않을 거야."

이르에는 턱을 괴고 고민했다. 확실히 지금의 판도만 놓고 본다면 왕비 측의 우세가 분명했다. 그게 레페리의 작품이든, 왕비의 그릇이 큰 것이든, 요소 자체는 큰 의미가 없었다. 어떤 계기로 다시 메를리니에게 우세해져도 또 다른 반복이 계속될 뿐이었다.

"이래저래 자잘한 줄다리기만 해선 끝나지 않겠지. 뭔가 큰 한 방이 필요할 텐데 말이야. 하나 그런 계획은 데미안이나 너의 작품에서 비롯되겠지, 메를리니."

"글쎄. 레포데포도 하늘의 기우였듯이, 우리에게도 하늘의 가호가 함께한다면 뭔가 길이 보이지 않을까."

"또 두루뭉술하게 말하는구만. 알겠어. 열심히 기도나 드려보자."

"응. 마침 낮의 신전이기도 하잖아. 이런 기회는 흔치 않거든."

메를리니는 두 손을 가지런히 모았다.

차분히 눈을 감았을 때, 머릿속에 떠오르는 모든 사람들의 안녕을 위해 기도를 올렸다.

'탄생의 여신 루비아나, 죽음의 신 토빌메여, 한 번만 더 당신들의 유희가 축복으로 다가올 수 있기를…….'

메를리니는 진심을 담아 간절히 기도 드렸다.

*　　*　　*

눈보라가 들이밀 계절이 눈앞으로 다가오니 가끔씩 눈가루가 수도 레필타 상공에 흩날렸다. 이제 소나기나 장마는 올 기미가 없었다.

잔잔한 눈발로 장식된 새벽 3시.

사람들이 돌아다니지 않을 즈음. 엄청난 폭발음이 왕비궁 정원을 뒤흔들었다. 놀란 궁인들이 헐레벌떡 나와 정원으로 몰려들었다.

정원의 한 축이 완전히 무너져 검은 연기가 피어올랐다. 활활 타오르는 불길에 꽃과 나무가 마치 사체처럼 잿더미로 변해 있었다. 아니, 폭발에 휩싸이기 전에 이미 누가 거친 손길로 꺾어버리거나, 묵직한 발길질로 짓밟은 모양새였다.

하나 꽃과 나무가 어떤 식으로 비명사를 했는지는 크게 중요치 않았다. 부랴부랴 모여든 궁인들은 또 다른 폭발에 대비하듯 몸을 바짝 움츠렸다.

연기가 자욱한 정원의 중심부에 깔깔깔, 광녀처럼 웃고 있는 여인의 모습이 있었다. 마구 헝클어진 머리카락의 여인은 에리 왕비였다.

그녀는 왼손에 술병을 들고, 오른손에 마력이 집약된 폭탄을 쥐고서 이번에는 어디로 던질까 고민 중이었다. 행여 그녀의 날카로운 시선에 눈이 마주칠까 봐 궁인들은 얼른 뒤로 물러났다.

"꺄하하!"

익살스러운 웃음소리가 계속됐다.

에리와 함께 정원까지 동행했던 궁인들은 그렇다손 쳐도, 뒤늦게 도착한 궁인들은 왕비가 왜 그러는지 알 도리가 없었다. 마냥 승승장구할 줄 알았던 왕비의 돌변을 이해하지 못하는 사람이 대다수였다.

폭발음을 듣고 잠이 깬 레페리는 황급히 달려온 궁인에

게 비보를 접하자마자 비통에 잠겼다. 그는 정말 충격적이고 공포스러운 기분이었다.

"아아…… 이 일을 어찌해야 한단 말인가……."

무슨 말을, 무슨 행동을 해야 할지 감조차 잡히지 않았다. 정신이 아찔해져서 몸을 제대로 가누지 못했다.

"그래서 마마는 아직도 그러고 계시는…… 웃!"

정원 쪽에서 강렬한 폭발음이 울렸다.

소리가 들리고 바로 창문 너머로 빛이 번쩍거렸다가 누그러들었다.

"대체 무슨 일이 벌어지고 있는 것인가? 왜 아무도 마마를 막지 못하고 있는 것이야? 으으, 내가 직접 가야겠네! 채비를 서두르도록!"

"예, 옙!"

궁인에게 받은 옷을 대충 차려입은 레페리는 서둘러 정원으로 달려갔다. 그가 막 도착했을 때 또 한 번의 폭발이 눈을 적셨다. 그는 에리의 뒷모습을 지켜보며 입술을 질끈 깨물었다.

이윽고 에리가 미친 여자처럼 깔깔거리더니 정신을 잃고 쓰러졌다.

"왕비 마마!"

레페리는 헐레벌떡 잿더미를 뚫고 들어가 에리를 얼싸안았다. 새근거리는 그녀의 숨소리가 들릴 때마다 레페리의 가슴은 찢어질 듯 아팠다.

이 모든 게 예상했으나, 예상 밖이었다. 설마 에리가 이 정도로 정신이 피폐해버릴 줄은 꿈에도 상상 못 했다.

"왕비 마마……."

레페리는 왕비방 침실 위에 에리를 내려놓았다. 옷이 엉망진창이었다. 드레스 끝자락이 불탄 잔재로 뒤덮여 있었다. 옷으로 가려지지 않은 팔과 다리는 까무잡잡하게 물들어 있었다. 궁녀들이 분주하게 돌아다니며 차가운 물과 수건을 수시로 갈아주었다.

"대체 왜 이렇게까지……."

레페리는 측은한 눈길로 에리를 바라봤다.

분명 며칠 전까지만 해도 후궁의 세력을 완전히 눌러 버릴 수 있는 순탄대로 위였다. 신의 노여움을 사는 실수도 없었거니와, 레페리 또한 자신의 일생 중 가장 바쁘게 만반의 준비를 다 했었다.

"후우…… 산 넘어 산이로구나……."

솔직히 레페리는 지금 이 상황을 뒤엎을 묘안이 떠오르지 않았다. 늘 자신감으로 충만했던 그가 약한 모습을 내보

인 게 화근이었을까. 든든한 우군이 좌절하는 걸 보며 에리
도 우울해졌던 것일까.

차기 왕이 될 재목을 품었다는 영광이 한순간에 허투루
돌아갔을 때, 에리가 보였던 표정이 아직도 눈에 아른거렸
다.

실망? 분노? 오열? 형언할 수 없는 표정이었다. 임신인
줄 알았는데 알고 보니 상상임신이라니…… 주치의의 목숨
을 위협하면서 두 번이고, 세 번이고 다시 살펴봐도 거짓임
신이란 사실은 변하지 않았다.

신은 레포데포라는 악몽의 병을 후궁에게 선사해 주었
고, 천재 소년의 변덕으로 위기를 모면케 했다. 평소 레페
리는 평등을 성스러운 단어라고 여겼었는데, 지금은 그 영
험한 인생 모토가 저주스러웠다.

레포데포에 상응하는 선물로 받은 상상임신 소식에 에리
는 실성한 듯 정신줄을 놓고 말았다. 그래도 레페리는 최대
한 노력을 했다.

간혹 상상임신 여부를 눈치챈 궁인이 있으면 모두 쥐도
새도 모르게 처리해 버렸다. 후궁이 먹는 약에 독을 탈까도
생각했고, 후궁을 죽일까도 생각했다. 그가 그렇게 갈팡질
팡하는 사이, 새벽 정원 폭발 사건이 발생한 것이다.

레페리는 눈앞이 깜깜해졌다.

신음을 흘리며 뒤척이고 있는 에리의 모습이 애처로워 보였다. 무슨 악몽이라도 꾸는지 숨소리가 점점 거칠어졌다. 방바닥에 떨어진 솜이불을 다시 덮어 주려는 순간, 에리가 벌떡 일어났다.

에리는 땀으로 흥건한 얼굴로 숨을 크게 몰아쉬고는, 힘없이 중얼거렸다.

"……꿈에서 그 여자를 봤어요."

"……그 여자라 하시면?"

"붉은 머리의 여자…… 그 악독한 계집이 저를 보고 웃고 있었어요. 저를 비웃고 있었어요."

"……."

레페리는 미간을 떨더니 눈을 몇 번 깜빡거렸다. 뭐라 드릴 말도 없었고, 일단 지금은 가만히 듣고 있는 게 옳다고 판단했다.

에리는 두 손으로 배를 부둥켜안았다. 몸이 으슬으슬 떨렸다.

"레페리 선생님……."

"예. 마마."

"저는 말이죠. 저는…… 그저 한 여자이고 싶었어요. 오라버니가 루티아르 왕국을 차지할 야망을 가졌다는 걸, 저도 바보가 아닌 이상 알고 있어요. 그래도 저는 오라버니의 바람보다 저의 감정을 중시하고 싶었어요."

"……."

"왕비란 왕의 아내를 뜻하잖아요. 왕자와 공주의 어머니잖아요. 근데 남편이란 작자는 저를 바라보지도 않고…… 이젠 아이마저 잃어버렸으니……."

에리는 허탈한 미소를 지어 보였다.

"레페리 선생님께서는 남의 아이라도 데려와서 제 자식인 것처럼 꾸미라고 하셨죠. 그래야 왕위 계승권을 차지할 수 있다고요. 진정한 왕비가 될 수 있다고요. 그리 하면 저는 진짜 왕비가 되는 건가요? 수십, 수백 번 되새겨 봐도 그건 진짜 왕비가 아닌 것 같더라고요. 상상임신이라는 사실을 인정했을 때, 제 머릿속에 든 생각이 뭐였는지 아시나요?"

"……무엇이었습니까?"

"'나 혼자 불행할 순 없어'였어요. 신은 저를 선택하지 않았다……? 그걸 인정하라……? 저는 이틀로이하의 피를 이어받은 여인이에요. 황금의 핏줄을 물려받은 제가 굴복한다……? 저는 절대로 이렇게 끝내지 않겠어요. 그 여자가 행복한 꼴은 도저히 볼 수 없어요. 절대로⋯⋯."

에리의 얼굴빛이 비장한 각오로 얼룩졌다. 의지가 얼마나 확고하던지 부들부들 떨리던 것도 멎었다.

레페리는 에리가 다시 잠을 청할 때까지 그녀의 울분 섞인 이야기를 들어주었다. 제 풀에 지쳤는지 잠자리에 든 그녀를 뒤로하고 측근들을 몇몇 호출했다.

별안간에 폭발 소리에 잠이 깼던 게, 마치 수십 일 전 기억 같았다. 정말이지 지치는 시간이었다. 아직까지도 정원에선 무슨 일이냐며 병사들이며 궁인들이며 난리도 아니었다.

"아침이 밝으면 또 일거리가 산더미이겠군⋯⋯."

자신의 방으로 돌아온 레페리는 책상 서랍에서 빈 종이와 잉크를 꺼냈다. 숨을 한 번 가다듬고는 한 자, 한 자, 편지 내용을 채우기 시작했다.

[황제 폐하, 안타까운 소식을 전해 드리게 되어 죄송스럽기 그지없습니다. 저는 당장 목숨을 잃어도 뭐라 드릴 말씀이 없습니다. 솔직히 말씀드려 저 또한 무척이나 통탄스러웠습니다. 황제 폐하의 조카가 사실 상상임신이 만들어 낸 존재였음을 적어내리는 이 순간에도 눈물이 나는 심정

입니다. 이제 후궁을 압도할 계획은 도무지 없습니다. 그녀는 레포데포라는 악몽의 전염병에서조차 살아난 여인입니다.

하나 그보다 가장 큰 난제는 에리 왕비 마마의 상태입니다. 왕비 마마는 언제 터질지 모르는 시한폭탄과 같습니다. 이와 같은 표현 외의 것이 떠오르지 않아 송구스럽습니다.

그럼에도 제가 이렇게 황제 폐하께 서신을 올리는 이유는, 폐하의 허가를 받을 사안이 있기 때문입니다. 왕비 마마가 언제 어떤 행동을 취하실지 모르기에, 향후, 제국에 영향을 줄 수 있는 움직임을 보이더라도 너그러이 받아들여 주시길 바라기 때문입니다.

어떤 연유에서 비롯되었든 간에 저는 제 능력 안에서 할 수 있는 한 최선을 다할 작정이며, 적정 범위 내에서 제국과 황제 폐하께 누가 되지 않도록 열정을 다하겠습니다. 대이틀로이하에 영원한 축복이 함께하기를 기원 드리며, 이만 글을 줄입니다.

－재상 레페리 데미우스 보냄－]

편지를 쭉 적어내리고 끝으로 제국 황실을 상징하는 인장을 박아 넣었다. 그리고 또 하나의 서신을 준비해서 글자를 수놓았다. 이번에는 다소 짧고 간결한 내용이었다. 슥슥 내용을 마무리하고 인장을 찍었다. 때마침 측근 데니파가 도착했다.

"데니파, 하나는 황제 폐하께, 다른 하나는 바람의 재상에게 보내주게."

"예. 알겠습니다."

데니파는 바람의 재상에게 보낸다는 말에도 별 의문을 가지지 않았다. 그 또한 사사로운 판단으로 일을 그르칠 만큼 어리석진 않았다. 그가 서둘러 자리를 떠나고 얼마 지나지 않아, 에단 키라트가 방문했다.

"안녕하십니까. 재상님께서 저를 찾으셨다고 하기에 이렇게 찾아뵈었습니다."

"에단 키라트 경은 내 아랫사람이라기보다는 왕비 마마 직하의 입장이라 내가 함부로 지시할 수는 없다만, 상황이 상황인 만큼 날 좀 도와줘야겠네."

제5장

폭풍이 지나고

『여기 전혀 모르는 사람이 있다. 그러나 소문으로, 지인의 이야기로 수십 가지의 느낌으로 전해 들었던 사람이다. 와전된 설명으로 때론 악마처럼, 괴물처럼 생겼을 거라고 여겨졌던 사람이다. 실제로 본 뒤에도 사람으로선 싫지 않았는데 주변에서 미워하니 나도 미워졌다. 내가 미워하고 죽이려고 했던 사람은 20년 내외의 인생 동안 얼굴조차 보지 못했던 사람이다.』

레페리는 헌신적인 에리의 신하였다. 정확히는 이틀로이 하를 모신다는 자긍심과 충성심이 대단했다. 그는 에리가 원하는 대로 모든 걸 해 줄 생각이 분명코 있었다.

아침 댓바람부터 에리가 레페리를 찾아왔다. 그녀는 극도로 예민해져 있었다. 심기를 잘못 건드렸다가는 당장에 수틀려서 지난밤처럼 폭탄이라도 터트릴 분위기였다.

"마마, 몸은 좀 괜찮으십니까?"

"아아. 그래요. 몸에는 아무런 이상이 없어요. 단 하나만

빼놓고요. 잠결에 그 여자를 또 봤어요. 지금 저는 말이죠. 메를리니를 어떻게든 하고 싶어서, 주체할 수가 없어요. 정말 미칠 것 같다고요. 아시겠어요?"

아무리 말려도 도통 의지가 꺾이지 않았다. 에리는 에단을 불러오라고, 아니면 다른 누구라도 데려오라고 성을 냈다.

"그렇잖아도 어젯밤, 에단 키라트 경에게 별도로 임무를 하달했습니다."

"어떤 임무죠? 제가 원하는 게 맞겠죠?"

"예. 그는 이 세상에서 가장 뛰어난 명사수. 마마께서 원하시는 결과를 이루어낼 것입니다. 그는 그럴 능력이 있는 사내입니다."

한 치의 거짓도 없었다. 레페리 또한 자신의 인생을 걸고, 혹은 에리의 존폐 여부까지 걸고 그 임무를 추진한 참이었다.

그래도 메를리니 암살만 성공하면 어떻게든 활로를 만들어 낼 수 있다. 에단의 실력을 믿고, 최대 위험 요소를 감수하면서까지 택한 수단. 이건 모두 에리와 이틀로이하, 그리고 제국을 위한 특단의 조치였다.

그러나 레페리의 예상을 훨씬 상회할 만큼 에리의 반응

은 격한 흥분덩어리였다. 평소에도 걸핏하면 앵돌고 발끈하는 그녀의 성질이, 이제는 어찌 재볼 수 없게 돼버렸다.

"레페리 선생님. 저도 가겠어요. 암살? 그런 걸로 되겠어요? 저는 그 여자의 죽는 모습을 직접 지켜보고 싶다고요. 그러지 않으면, 제가, 제가! 미쳐버릴 것 같단 말이에요! 당장 앞장서세요. 에단 경을 만나야겠어요."

"……"

레페리는 입을 꾹 다물었다.

어떤 핑계를 대서 에리를 말려야 할지, 무슨 정당한 이유가 있을지 머릿속에서 거듭 궁리해 봤다. 아무리 생각해 보아도 모범답안 같은 건 없다고 결론이 났다.

하는 수 없이 에단의 방으로 에리를 모셔갔다. 한창 장비를 정비하고 있었던 에단도 놀란 눈치였다. 뒤이어 에리가 자신의 구미에 맞게 몇 마디 계획을 덧붙이자 에단은 조심히 레페리의 의중을 떠봤다.

에단과 눈빛이 마주친 레페리는 고개를 절레절레 흔들며 한숨을 푹 내쉬었다. 결국 레페리와 에단은 백기를 들고 에리의 뜻에 따르기로 했다.

그 뒤로 일은 일사천리로 진행됐지만, 그럴수록 레페리는 있던 주름이 점점 굵어지는 기분이었다. 에리는 레이드와 데레니아에게 휴양을 허락받는 등 모든 준비를 마쳤다.

그쯤 에리의 감정을 색으로 표현하자면 붉디붉은 빨간색이었다. 막힘도 없고 기분이 좋아져야 마땅했는데 마냥 그렇지 않았다.

에리는 레이드가 보였던 표정을 떠올리니 화가 치밀었다. 조금의 아쉬움도 없는, 오히려 하루빨리 출발하길 바라는 얼굴이었다.

"아아아! 아아아!"

에리는 분이 가득한 악을 질렀다. 마차에 동승한 레페리가 어르고 달래도 좀처럼 나아지지 않았다. 국왕과 왕태후의 허가를 받고 5일이 지나서야 출발한 참이었고, 그 5일 동안 에리의 노기가 점점 쌓이고 말았다.

에리의 눈빛은 미움을 넘어선 분노로 가득했다. 대체 자신이 뭘 잘못했다고 그리 박정하게 대한단 말인가. 루티아르 왕실에 들어온 뒤로 밉보일 짓은 하나도 하지 않았다. 사랑을 못 받은 게 잘못이고 죄라면 인정하겠지만. 그것이 내 탓이란 말인가!

"아아아! 아아아!"

"마마……!"

레페리는 에리의 손목을 부여잡았다. 잘못하다간 에리가

스스로 머리카락을 모두 뜯어 버릴 것만 같았다.

한참 뒤에야, 에리는 제 풀에 지쳐 이를 바드득 갈면서 힘을 뺐다. 스르르 무너지듯 마차 창가에 머리를 기댄 채 툭툭 머리를 튕겼다. 레페리가 말리려 하자 뚝 멈췄다.

에리의 공허한 시선이 레페리에게로 향했다.

"레페리 선생님…… 제가 한심해 보이시죠?"

"그, 그럴 리가요. 마마께서는 금빛 축복을 받고 태어나신 자랑스러운 황가의 핏줄이시지 않습니까. 이런 일로 좌절하실 것 없습니다. 슬퍼하실 이유도 없습니다. 고작 루티아르 따위에 고뇌하실 필요 없습니다."

"고작…… 고작…… 그 왕국의 진짜 왕비조차 되지 못하고 있네요……."

"……"

"……조금만 잘게요."

에리는 창가에 머리를 기댄 채 눈을 감았다. 그녀가 새근새근 잠든 사이, 레페리는 아무 말도, 행동도 하지 않았다. 혹시라도 에리의 잠자리에 누가 될까 봐 그저 조용히 회상에 잠겼다.

수만 가지의 상념이 레페리의 머릿속을 훑기를 반복했다. 왕비를 대동한 이 행렬에는 에단이 없었다. 에단은 자신이 이끄는 직속 수하들을 데리고 한발 앞서 출발했다.

결과적으로 메를리니가 맞이할 최후의 장면을 에리가 함께 하긴 하겠지만, 과정은 얼마든지 조절할 수 있었다.

'어쩌면 이게 내 생애 마지막 결단이 되겠지…….'

레페리는 측은한 눈길로 에리를 바라봤다.

*　　*　　*

에리 왕비가 수도 밖으로 출타를 나갔다는 소식은 금방 레필타 전역에 퍼졌다. 왕궁에서 머물며 동향을 살피고 있었던 데미안과 르나이아가에게도 소식이 전해졌다.

르나이아가는 별일 있겠냐는 식이었으나 데미안은 달랐다. 그는 소문이 퍼지기 전, 먼저 정보를 확보한 참이었다.

"결국은 움직였나 봅니다."

"결국은? 원래 알고 있었다는 듯이 들리는데."

르나이아가는 앉아 있던 의자를 들었다 내렸다 했다. 연신 딴 짓을 하면서도 시선은 데미안에게서 떨어지지 않았다. 데미안의 정보력을 인정하는데 기인한 관심이었다.

데미안은 스테이크를 한 조각 썰어서 입에 넣었다. 우물우물. 육즙이 자르르 흐르는 게 과연 왕국 북부산 최고급

육질이었다. 새삼 메를리니를 만난 뒤로 이런 고급 음식도 잔뜩 먹게 된 것에 감사하는 바였다.

스테이크 맛에 감탄하면서 한편으로는 뭐 그건 그거고, 정면에 앉아 있는 성수족 동료의 궁금증을 해소는 시켜줘야겠단 생각이 들었다.

"왕비 측에서 저희 쪽에 세작을 심어놨듯이, 저도 왕비 측에 믿을 만한 이들을 매수해놨습니다. 얼마 전, 그러니까, 새벽에 왕비가 정원에 불을 지른 사건이 있었잖습니까?"

"그걸 어떻게 잊겠어? 나도 자는 중에 깜짝 놀라서 일어나버렸구만. 아마 왕궁 모든 사람들이 화들짝 놀랐을걸."

"그 일이 있고 꽤 시간이 지난 뒤, 세작으로부터 정보를 전해 들었습니다. 에리 왕비가 휴양 차 여행을 떠날 예정인 것 같다는 정보였지요. 별안간에 그 광적인 쇼를 벌였던 것도 이해할 수 없거니와, 제 노파심이면 좋겠지만 여행도 어쩐지 뒤가 구립니다."

정보를 먼저 쥐는 자가 승리하는 심리싸움이 일어나는 장소 중에서도 가장 크고 화려한 무대를 꼽자면 단연 궁중 내 암투였다.

데미안은 레페리와 피로 흥건한 물놀이를 하는 동안 그

걸 몸서리치게 느꼈다. 그 자신에게 천부적인 정치꾼으로서의 자질이 없었다면, 메를리니의 입지는 벌써 나락으로 떨어져도 두 번은 더 떨어졌을 것이다.

이번에 처음 휴양 예정 소식을 들었을 때, 자신의 촉에 대한 믿음을 잃지 않았다. 소식을 듣자마자 왕비 측근들에게 첩자를 붙여서 철저하게 감시를 했다. 레페리와 에단도 그 목록에 속해 있었다. 에단을 뒤따라갔던 첩자들은 쥐도 새도 모르게 숨을 거뒀고, 그나마 레페리 쪽에서는 제법 쓸 만한 정보를 뽑아냈다.

레페리의 최측근 데니파가 제국으로 보냈던 서신을 중간에 확인한 게 결정적이었다. 여행 출발 이틀 전쯤, 제국 3재상 중 하나인 라우 제노스에게 보내는 편지였다.

"이걸 보십시오."

"응? 그건 뭐요?"

"보시고 소감을 말씀해 주십시오."

데니파의 서신을 그대로 필사한 내용이었다. 편지를 중간에 강탈하고 은폐할 순 없는 일. 원본은 다시 라우 제노스에게 보냈다.

르나이아가는 빽빽하게 적혀 있는 내용을 읽어 내리고는 고개를 갸웃거렸다.

"왕비의 심중에 변화가 생겼다? 왕비가 뭔 짓을 저지를 지 모르니 미리 대처하는 게 좋을 것이다? 뭐 그런 내용인데. 뭔 짓은 이미 한밤중 생난리를 피는 거로 증명했고. 그 외에 내가 놓친 게 있는 건가……? 흐음…….."

"그 편지는 왕비가 폭탄 사건을 일으키고 난 뒤에 적은 내용입니다. 데니파는 레페리의 측근을 자처해 온 사내. 그가 황제도 아니고, 바람의 재상도 아닌, 전선에 있는 라우제노스 재상에게 그런 편지를 보낼 정도로 위기를 맞이한 것입니다. 그 와중에 태연히 에리 왕비의 휴양 여행이 시작된 것이죠. 그녀가 어디로 여행 갔는지는 아무도 모릅니다. 제가 심어놨던 궁인들은 레페리에게 걸려서 처단됐으니까요."

"결국 형씨도 모른단 건가."

"예. 지금으로선 확언할 만할 정보가 없습니다."

"근데 메를리니도 건강 때문에 휴양 차 낮의 신전으로 간 거잖아. 에리 왕비도 휴양 여행이라고 했으니 아이와 관련하여 뭔가 대단한 게 터진 거 아니야? 듣자 하니 메를리니는 정치적 불리함을 감수하면서까지 간 거라면서."

메를리니의 휴양과 에리 왕비의 휴양. 데미안은 스테이크를 썰던 손을 멈췄다.

"아아…… 설마…… 르나이아가, 당신은 정말 천재입니다."

"엥? 무슨 생각이 떠오른 거야?"

"떠오르다 말다요. 문제는 정말 간단한 데 있었던 겁니다. 두 사람이 휴양을 떠나는 이유. 일단 빈궁께서 휴양을 떠난 이유는 무사 출산에 대한 기적을 바랐기 때문입니다. 에리 왕비도 무사 출산을 위해서 휴양 여행을 갔다고 생각하면 얼추 앞뒤가 맞지 않습니까? 하나 그렇다고 보기에는 왕비의 새벽 폭탄 사건. 그리고 데니파의 서신 내용. 단순히 무사 출산을 넘어선 대위기가 왕비에게 찾아왔다는 것입니다. 왕비의 주치의가 의문의 사고로 죽었던 것도 이와 관련이 있음이 분명합니다."

데미안은 얼른 정보꾼들을 소집하러 방을 나갔다. 먹다 남은 스테이크를 한 점 주워 먹으면서도 르나이아가는 도통 뭐가 뭔지 모르겠다는 얼굴이었다.

이튿날, 데미안은 곳곳을 이 잡듯이 뒤져서 가까스로 왕비 주치의의 아들을 만날 수 있었다.

레페리가 에리의 실성한 듯한 행각에 초점을 맞추느라 미처 뒷마무리를 제대로 안 한 탓이었다. 주치의의 아들은 입을 꾹 닫고 아무 말도 하지 않았지만, 데미안이 두둑한 보상과 안전을 약속하자 무거운 입을 열어젖혔다.

주치의의 아들은 레페리에게 한 차례 협박을 받았다고 실토했다.

"어떤 협박을?"

"아버지께서 알아선 안 될 비밀을 알아버렸고, 저 또한 아버지께 그 이야기를 들었습니다."

"혹시 그게 임신과 관련이 있는 사항이오?"

뒤이어 데미안이 심증만 갖고 있었던 질문을 혹시 몰라 던졌던 것에 명확한 대답이 나왔다.

"예. 맞습니다. 왕비는 임신이 아닌, 상상임신이었습니다."

"지금 내가 들은 말이 진실이오?"

눈에 띄게 커진 데미안의 눈동자는 쉬이 진정되지 않았다.

"예. 한 치의 거짓도 없습니다. 낮의 주신과 밤의 주신께 맹세코…… 아니, 제 목숨을 걸고 보증할 수 있습니다."

보상이나 안전에 대한 문제만은 아니었다. 절절한 어조였다. 그는 한평생 왕실을 위해 살아온 아버지를 그다지도 매몰차게 내친 왕비 측에 불만이 많았다. 아버지에게 왕비에 대한 이야기를 듣고 얼마 지나지 않아, 아버지가 의문의 죽음을 맞았을 때. 그리고 레페리가 병사들과 함께 찾아와 협박을 했을 때. 아무런 능력이 없는 자신이 밉고 또 미웠다.

데미안은 이마를 되짚었다.

"왕비가…… 임신을 한 게 아니라, 상상임신을 한 거였다니……."

"틀림없습니다. 아버지께 똑똑히 들었습니다. 이제 빈궁 마마께서 왕비를…… 그, 뭐냐, 그럴 수 있는 것이지요? 예? 저는 그걸 믿고 감히 말씀드린 거란 말입니다!"

"아아. 물론이오. 당신의 진실 어린 목소리가 헛되게 썩을 일은 없을 것이오. 이 은혜는 잊지 않으리다. 조만간 보상도 두둑이 드리겠소."

"감사합니다. 정말 감사드립니다. 나으리만 믿겠습니다."

주치의의 아들은 넙죽 절하면서 한 번이고 두 번이고 계속 부탁드린다는 말을 전했다. 그의 안녕을 바라며 데미안은 왕궁으로 복귀했다.

마중을 나와 있었던 르나이아가의 얼굴에 어떻게 됐냐고, 궁금하다고, 빨리 말해 달라고, 써 있었다.

"아무래도 가장 우려하던 일이 벌어진 것 같습니다. 금화의 앞뒤처럼 행운과 불행이 공존하는 상황입니다. 르나이아가 씨께서 급히 해 주실 일이 생겼습니다."

"무슨 일? 뜸 들이지 말고 빨리."

"에리 왕비가 빈궁 마마를 제거하려는 것 같습니다. 휴양 여행은 위장일 뿐. 아마 뛰어난 암살자들을 낮의 신전으로 보냈으리라 예상됩니다."

"……허? 그럼 진짜 시급하잖아."

"예. 제 직하의 날랜 자들을 데려가십시오. 되도록 제 우려가 너무 앞서간 것이길 바랍니다만, 후우. 다른 것도 아닌 빈궁 마마의 안전이 걸린 사안. 아무쪼록 빈궁 마마에게 위해가 될 요소들을 모두 중도에 막아주시길 부탁드립니다."

데미안은 서둘러 부하들을 소집하러 갔다.

혼자 남은 르나이아가는 바짝 초조한 얼굴이었다.

"필시 에단 키라트, 그놈도 임무에 참가했겠지. 내가 도착하기 전까지 메를리니네가 무사하길 빌어야겠구만……."

*   *   *

낮의 신전에서 지내는 동안 메를리니는 생활 방식을 바꾸기로 마음먹었다. 침실을 관리하는 궁녀 3명 외에 잡일을 맡은 궁녀 4명, 남자 관리 2명을 두고 최대한 편하게 지내는 방향으로 잡았다.

거기에 유지니와 이르에도 수시로 메를리니의 곁을 오갔다. 두 사람을 비롯해 궁녀들은 공식 석상마다 메를리니를 수행했다.

또, 밤낮으로 곁을 지켰기에 메를리니가 혼자 있는 시간이란 거의 없었다. 잠자리 때도 메를리니가 말동무가 필요할 때면 기꺼이 이야기 상대가 돼 주는 게 그들의 의무였다.

이들은 대개 당번을 정해 놓고 돌아가며 근무를 섰다. 궁녀 중 궁녀장이라고 부를 만한 직급의 여인은 한 명뿐이었다.

리케드나의 빈자리를 메우는 데 유지니도 불가능한 건 아니었으나, 아직 나이가 어리고 궁녀로서의 소양 때문에, 리케드나 다음 가는 궁녀였던 몰리 폰 하이디아가 그 자리를 채웠다. 원래 역사대로라면 그녀 또한 왕태자비가 될 운명이었지만 그건 어디까지나 회귀 전 역사일 뿐이었다.

몰리는 엄격했던 리케드나와 달리 부드럽고 유한 성격의

천사 같은 궁녀장이었다. 그래서 메를리니를 모시는 궁인들에게 특히 인기가 많았다.

가문도 남부의 지주가문 중 하나인 하이디아 후작가라서 뭐 하나 빠질 게 없었다. 메를리니도 몰리를 새로운 궁녀장에 임명하고 매우 만족스러워했다.

"마마, 이부자리는 흡족하신지요?"

"솔선수범하는 몰리 궁녀장이 챙겨 준 건데 응당 괜찮고말고."

"과찬이십니다."

몰리에게는 겸손이라는 단어가 무척이나 어울렸다. 그래서인지 메를리니가 자신의 치부를 드러내 놓고 대화할 수 있는 몇 안 되는 사람 중 하나였다.

12년의 회귀 전, 그때조차도 몰리는 메를리니를 깔보거나 싫어하진 않았다. 그저 데레니아라는 시어머니가 후작 가문의 여식이라는 이유로 억지로 데려온 데에 따른 것뿐.

그러고 보면, 문득 잊고 살았지만 시어머니에 대한 미움과 원망도 잠시 식은 것이지. 완전히 사라진 건 결코 아니었다. 메를리니는 시어머니 왕태후의 얼굴을 떠올려다봤다.

지고지순하면서도 엄격하고 강한 여인. 아마 서로 증오

의 거리를 두지 않고 끈끈한 고부의 연을 맺은 사이였다면. 그랬다면 레인 디너즈나 에리 폰 이틀로이하가 루티아르를 위협하는 일 따위. 지금 겪고 있는 역겨운 상황 따위. 결코 벌어지지 않았을 것이었다.

"몰리."

"네. 마마."

"너는 왕태후 마마를 어떻게 생각하니?"

"왕태후 마마라 하시면, 최고의 여인이 어떤 모습을 하고 있는지 보여 주시는 근간이 아니실까 사료됩니다. 저는 지금껏 많은 여인들을 봐 왔다고 자부합니다만, 왕태후 마마나 빈궁 마마와 같은 은혜로운 여인상을 본 적이 없습니다."

"은혜로운 여인상?"

메를리니의 물음에 몰리는 차분한 어조로 답했다.

"네. 따르고 싶고, 모시고 싶고, 빼닮고 싶을 만큼, 뭇 여인들의 목표. 궁녀들은 모두 마마나 왕태후 마마의 모습을 본받고 싶어 합니다."

"왕태후 마마는 그렇다 쳐도, 나는 그렇게 우러러볼 만한 여성은 아니야. 내가 그만한 그릇의 여인이었다면 왕비의 자리를 빼앗기지 않았겠지."

메를리니는 천천히 걸음을 내디뎠다.

몰리의 지시가 떨어지자, 메를리니가 지나는 길마다 궁녀들이 싱싱한 꽃잎을 흩뿌려 놓았다. 그녀들은 대개 잔심부름을 하거나 메를리니의 식사 시중을 드는 게 의무였다. 때로 메를리니의 치마 뒷자락이 바닥에 끌리면 살며시 들고 따르곤 했다.

"매번 느끼지만 신전 내부는 어디든 따뜻하고 온기가 넘치는걸."

"네. 옛날부터 산모에게는 따뜻한 공간이야말로 천국의 장소라고 했습니다. 레포데포로 쇠약해진 마마의 건강도 금방 나아질 것입니다."

"정말 그랬으면 좋겠어. 그래야만, 네가 말했던 은혜로운 여인상에 한 발자국 더 가까워질 테니까."

그렇게 말하며 부드러운 미소를 지어 보였다. 몰리에게는 어쩐지 허탈한 미소로도 내비쳤다. 그녀는 메를리니가 왕태자비가 된 뒤로 얼마나 많은 고난과 역경을 극복해 왔는지 옆에서 지켜보았다.

어쩌면 메를리니에게 가장 가까운 궁녀는 유지니보다도 몰리였다. 유지니가 궁녀로 일하기 전부터 몰리는 메를리니의 수석궁녀로서 함께 해 왔다.

메를리니가 좋아하는 음식이 무엇인지, 어떤 옷을 주로 입는지, 이런 행동을 하면 무슨 심정의 변화가 있는 건지, 속속들이 잘 알았다.

짧은 산책을 마친 메를리니가 푹신푹신한 요 속으로 들어가고 몰리도 다른 궁녀와 교대를 했다. 그녀에게는 당장 급하게 처리할 일이 있었다.

메를리니가 복통이나 레포데포 후유증이라도 오면, 보조할 궁녀들이 더 필요할 테고, 이에 황급히 인원을 보충해야 했다. 낮의 신전에서 궁녀가 되고 싶은 인원들을 추려서라도 궁녀 수를 맞춰야 했다.

낮의 신전에는 오래전부터 왕비나 후궁이 많이 찾아왔기 때문에 궁녀가 되고 싶어 들어오는 아가씨들도 많았다. 신분이 낮거나 지방귀족 출신이라 궁녀로 발탁되지 못한 탓이었다. 몰리는 이번에 메를리니의 의상을 관리할 궁녀를 뽑을 참이었다.

신전 내 손님방에 궁녀가 되려는 여인들을 모아 놓고 간단한 시험을 진행했다.

"알다시피 궁녀는 아무나 되는 것이 아니라, 식견이 넓어야 한다. 또한 언어나 지식, 지혜 등등, 여인으로 가져야 할 덕목들을 모두 겸비해야 하는 바. 가능하다면 자수와 음악, 춤, 승마 솜씨도 남달라야 한다. 이제부터 각자 그에 맞는 교양과 실력을 검증할 것이니 긴장을 늦추지 말도록."

몰리는 뒷짐 지고 천천히 예비궁녀가 될 여인들을 둘러봤다. 모두가 훌륭하게 덕목을 갈고닦아 온 인재들이었다. 과연 낮의 대신관이 궁녀가 될 준비를 착실히 해 왔다고 호언장담할 만했다. 조금만 손을 봐주면 당장 궁녀 일을 시작해도 문제없을 솜씨들이었다.

당장 시간도 급박하고 해서 몰리는 크게 검증하는 과정을 거치진 않았다. 그래도 모두를 뽑을 수는 없는 일. 추리고 추려서 단 세 명만이 신입궁녀로 발탁됐다. 나머지는 돌려보내고 손님방에는 몰리와 세 사람뿐이었다.

몰리는 흠흠, 목소리를 가다듬고 입을 열었다.

"가장 먼저 전능하신 낮의 주신과 밤의 주신께 매일 기도를 드려야 하며, 빈궁 마마를 섬김에 있어 열과 성을 다해야 한다. 항상 온순한 태도로 빈궁 마마께 복종하고, 부지런히 움직이며, 입을 함부로 놀리지 말고, 충성을 다하도록 해라. 또한 무릇 궁녀라면 입이 무거워야 한다. 이러한 규칙만 잘 따른다면, 앞으로 궁녀생활을 함에 있어 큰 문제는 없을 것이다."

"네, 궁녀장님."

"너희에게는 빈궁 마마의 옷장과 보석 등, 장신구의 관리를 맡길 것이다."

"네. 궁녀장님."

"앞으로 일하게 될 곳으로 안내해 줄 테니, 나를 따라오도록 해라."

몰리는 메를리니의 옷차림이나 애용하는 장신구가 무엇인지 등을 세세하게 설명해 주었다. 근래 메를리니는 주로 흰색의 옷을 주로 입었고, 그에 입각하여 몰리가 나서서 궁녀들의 옷차림을 관리하곤 했다.

당연히 알록달록하거나 번쩍이는 장신구 모두 금지됐다. 몰리는 신입궁녀들의 옷차림을 점검하는 것도 잊지 않았다.

각자가 할 일을 딱딱 정해 준 뒤에야 몰리는 한숨 돌릴 수 있었다. 바람이라도 쐴 겸, 찌뿌드드한 몸을 이끌고 낮의 신전 밖으로 나왔다.

벽 하나 차이일 뿐인데 마치 딴 세상처럼 으슬으슬 추운 날씨였다. 저 멀리 새하얀 설산을 바라보니 이전번 유리 그림자 산맥에서의 기억이 떠올랐다.

은빛 이빨 도적단에게 붙잡혀 인질로 고생했던 때가 지금은 아련한 추억이었다. 아마 리케드나 궁녀장도 그 추억을 떠올리며 세상과 안녕하지 않았을까. 막연한 상상을 해보며 상쾌한 바람을 맞았다.

"후아…… 시원하다……."

양팔을 쭉 펴고 바람을 만끽했다.

그때였다.

바람의 흐름을 따라 저 멀리에서, 잘 보이지도 않을 거리에서, 뭔가 점 같은 게 날아오는 게 보였다. 뭔가 싶어 뚫어지게 쳐다보니 그 형체가 점점 커졌다.

한 순간이었다.

유지니가 달려와 몰리의 허리를 붙잡고 자세를 무너트렸다. 화살이 날아와 바로 뒤편 신전 벽에 박혔다. 대리석으로 만든 신전 벽에 깔끔하게 꽂힌 화살을 바라보며 몰리가 얼떨떨한 얼굴을 했다.

"유, 유지니?"

"몰리 궁녀장님. 어디 다치신 데는 없으시죠?"

"으, 응. 근데 이건 대체……?"

"빈궁 마마의 안위에 누가 될 자들이 몰려오고 있어요. 궁녀장님께선 빈궁 마마의 곁으로 가셔서 마마를 지켜주세요. 저도 금방 합류하겠습니다."

유지니는 허리춤에서 단검을 뽑아 들었다.

전방에서 말발굽 소리가 요란하게 울렸다. 땅을 덜덜 떨리게 하는 소리가 점점 커지고 선명해졌다. 흙과 뒤섞인 눈발이 흩날리는 게 보였다.

몰리는 헐레벌떡 메를리니가 묵고 있는 방으로 달려갔다.

홀로 남은 유지니는 진중한 눈빛으로 정면을 주시했다. 대충 살펴봐도 말을 탄 적영이 수십 기였다. 혼자 막을 수 있을지 여부는 솔직히 장담할 수 없었다.

이윽고 괴한들은 낮의 신전 입구 바로 앞에서 우르르 멈춰 섰다. 그들은 말에서 내리더니, 열댓 명이 너 나 할 것 없이 달려들었다.

"이곳은 불가침 성역. 아무도 들일 수 없습니다."

몸을 숙이고 상대에게 파고든 유지니의 단검이 반원을 그렸다. 단검이 훑고 지나간 가슴팍에 선혈이 튀었다. 신음을 토할 겨를도 없이 반대쪽 단검이 목을 그어 버렸다.

동료의 죽음에도 아랑곳하지 않고 다음 공격이 쏟아졌다. 유지니는 발가락에 체중을 싣듯 디딤 닫기로 움직였다. 날렵한 몸짓에 괴한들의 공격은 연신 허공을 휘저었다.

일순간 유지니의 눈빛이 번뜩거렸다.

한 번의 도약에 이은 단검의 궤적이 상대의 무릎과 정강

이를 베어 버렸다. 적에게 깊숙이 파고드는 전법은 실로 엄청났다. 차마 동료들을 찌르지 못하는 괴한들을 순서대로 각개격파 하는 데 제격이었다.

"역시 당신들은 기사단, 혹은 정규 병사들이군요."

"제길! 이 꼬마가!"

"동료애를 버리지 못하는 당신들에게 지진 않아요."

냉정한 몸놀림이 계속됐다. 연이은 동료의 죽음에 괴한들도 전의가 차츰 사라져갔다. 차라리 다수 대 다수의 싸움이었다면 상관없었겠지만. 상대가 어린 소녀 한 명이어서야 이질감이 증폭될 따름이었다.

한 명이 더 바닥에 나뒹굴자 천천히 뒷걸음질 치는 이들도 생겨났다.

그때 화살 하나가 뒷걸음질 치던 괴한의 복부를 뚫고 돌출했다. 괴한은 복부를 어루만지며 뒤를 돌아봤다. 차가운 칼날이 그의 목을 베어 버렸다. 검을 휘두른 사내는 자세를 고쳐 잡고 유지니와 대치했다.

상대의 실력을 가늠한 유지니의 얼굴에도 잔뜩 긴장한 기색이 엿보였다.

"아무리 그래도 서슴없이 동료를 죽이다니 너무한 분이군요."

"명령을 제대로 수행하지 못하고 전의를 상실하는 부하를 둔 기억은 없다. 내 이름은 에단 키라트. 바람의 기사단 부단장직을 맡고 있다. 결례가 안 된다면 아가씨의 이름을 알고 싶은데."

"유지니 디. 빈궁 마마를 모시는 궁녀입니다."

"아아. 예상은 했다만 역시 소문의 그 궁녀인가. 그런데 후궁 직속 호위가 이런 곳에 있어도 되는 건가? 설마 이 대행사에 고작 이 수만으로 뭔가를 할 거란 생각은 너무 안일한 게 아닌가?"

유지니가 고개를 갸웃거린 순간.

콰과광―!

반대편 신전 벽 쪽에서 폭발소리가 들렸다.

"……."

"신경 쓰이나 보군. 그렇다고 나를 너무 무시하진 말아 달라고. 내 화살이 놓치는 건 없으니까."

순식간에 거리를 벌린 에단이 활시위를 당겼다. 목표는 가녀린 겉모습에 가려진 강인함 그 자체였다. 그래도 근거리에서 정밀 사격. 거기다 쏘는 사람이 에단 자신이라면 못 맞출 거란 가능성 따윈 없었다.

그러나 화살은 유지니의 뺨을 살짝 스쳐 갔을 뿐 제대로 맞추진 못했다. 뺨을 따라 흘러내리는 핏물이 체 턱까지 흐르기도 전에 에단의 정면으로 치고 들어갔다. 다음 화살이 바로 눈앞에서 날아왔는데도 발을 멈추지 않았다.

에단이 뒤로 빠지면서 감탄을 내쉬었다.

"과연 후궁의 직속호위답군! 그럼 어디 이것도 피할 수 있을까?"

에단은 속사로 화살을 쏘아댔다. 시간차를 두고 날아오는 화살을 피해내기란 쉽지 않았다. 유지니의 체구가 왜소하지 않았다면 최소 한 발이라도 맞을 뻔했다. 발가락에 힘을 꽉 주고 한 번에 에단의 바로 앞까지 다다랐다.

그대로 단검을 휘둘러서 에단의 명줄을 끊으려 한 순간, 뒤쪽에서 화살이 날아왔다.

푸슉—

화살이 박히는 기분 나쁜 소리와 함께 왼쪽 어깨가 들썩였다. 유지니는 힘없이 중심을 잃고 바닥에 고꾸라졌다.

에단이 차분한 눈길로 내려다봤다.

"미안하지만 정당한 결투를 할 여유는 없다. 기사로서의 긍지를 저버리고 바람기사단의 명예까지 실추시키는 짓이지만. 우리도 절박하다."

유지니는 왼쪽 어깨를 어루만지며 겨우 일어섰다. 주변

을 둘러보니 검을 든 괴한, 활을 든 괴한, 모두가 그녀를 노려보고 있었다. 일대일 승부가 아닐 거라고 예상도 했었으나, 에단은 주변까지 신경 써가며 쓰러트릴 만큼 녹록한 상대가 아니었다.

유지니의 한숨이 얕게 깔렸다. 자신은 어떻게 돼도 좋다. 그저 빈궁 마마의 안전이 걱정될 뿐. 자신의 목숨을 버려서라도 빈궁 마마를 지켜야한다고 되새겼을 때, 검은 형체가 빠른 속도로 치고 들어왔다.

눈으로 좇기조차 힘든 몸놀림. 검은 털이 나부끼는 모습. 혼비백산한 괴한들을 차례차례 제압하고는 천천히 인간의 형상으로 변하는 남자…….

유지니는 허탈하면서도 기쁜 미소를 지었다.

르나이아가가 숨을 헐떡이며 말했다.

"하아하아…… 진짜 죽을 듯이 달려온 보람이 있구만. 그게 다 이 순간을 위해서였나."

"네놈은……?"

에단은 죽은 부하들을 애도하지 않았다. 당장은 직면한 적을 상대하는데 모든 걸 쏟아 부어야 하는 시점이었다. 그만큼 상대는 강했다.

　비명에 비명이 꼬리를 물었다.

　신관들은 이게 무슨 해괴망측한 사태냐며 절망하는 한편, 이 총체적 난국을 어떻게 극복해야 할지 고심했다. 하나 그들이 뭔 생각을 하고 어떤 판단을 내리든 비명은 계속 이어졌다.

　에리와 레페리가 이끄는 병사들은 신전 안을 돌아다니고 있는 모든 생명을 죽일 셈이었다. 쥐새끼 한 마리가 빠져나가 쓸데없이 입이라도 나불거렸다간 걷잡을 수 없었다.

　어차피 낮의 신전 벽을 마법 폭탄으로 뚫고 들어왔으니 그들이 도망칠 곳은 신전 정문뿐이었다. 그곳에는 에단이 이끄는 정예 부대가 갔을 테니 아무런 걱정이 없었다.

　신관 하나가 에리에게 달려와 넙죽 엎드렸다.

　"에리 왕비 마마! 부디 자비를 베풀어주십시오! 저희는 아무 짓도 안 했습니다. 모두 마마의 은덕을 원할 뿐만 아니라, 마마를 따르고, 마마를 사랑하며, 마마를 경외하는 자들이옵니다. 그러니 자비로운 마음으로 은혜를 내려 주십시오."

　"왕비 마마? 그 사실을 아니까 죽어야 하는 거다. 여봐

라. 당장 이놈의 목을 베어 버려라."

"마, 마마! 커억……."

신관은 피를 토해내며 숨을 거뒀다. 그의 죽음을 지켜본 다른 신관이나 신도들은 상황이 확실히 인지됐다. 이유야 어찌 됐든 에리 왕비는 누구 하나 살릴 생각이 없었다. 그들은 살기 위해 줄행랑치기 시작했다.

신도들의 도망과 병사들의 추적이 계속됐다. 흰색이 붉은색으로 물들 듯 이곳저곳에 핏자국이 낭자했다.

비명 소리가 사방팔방에서 빗발쳤다.

왕비방에서 메를리니를 데리고 나온 이르에는 사태가 생각보다 심각하다고 판단했다. 몰리의 말에 따르면 정문도 유지니와 괴한들의 대립으로 엉망일 테고. 폭발소리에 이은 신도들의 비명 소리는 새로운 적들의 존재를 의미했다.

"최대한 소리가 안 나는 곳으로 가자."

모퉁이를 지나자 무기를 든 병사 둘과 마주쳤다.

이르에는 쏜살같이 창을 휘둘러 병사들을 제압했다.

"제길. 앞으로 이런 놈들을 몇 명이나 더 조우할지가 문제인가."

주변을 슥 둘러보고 조용한 길로 접어들었다. 이르에의 선두 지휘에 따라 일행은 졸졸 따라다녔다. 언제 또 적들이 나타나 위협을 가할지 몰랐기에 정문으로든 어디로든 바깥으로 나가야 했다. 신전 째로 불이라도 지르면 그때는 정말 대책이 없었다.

길을 트고 나아갈수록 방해가 거세졌다. 호위병 중에서 사상자가 나오기 시작했다. 이대로는 한계점이 분명했다.

"마마, 제가 마마로 변장하고 시선을 끌겠습니다."

몰리는 품에서 붉은 머리로 짜 만든 가발을 꺼내 들었다. 이런 일이 있을까 봐 준비한 가발이었다.

메를리니는 놀라서 눈이 동그래졌다.

"몰리, 그럴 순 없어. 아직 리케드나를 떠나보낸 지도 얼마 되지 않았어. 고작 이런 일로 너까지 잃을 순 없어."

"고작 이런 일이라뇨. 마마의 안위가 걸린 일입니다. 제가 궁녀 몇을 데리고 시선을 끌 테니, 그때 마마께서는 안전하게 대피하세요."

두 사람의 눈동자에는 서로 다른 절실함이 담겨 있었다. 메를리니는 고개를 절레절레 흔들며 절대 그럴 순 없다는 입장이었다.

"몰리, 엉뚱한 소리 하지 마. 나는 누구 하나 잃고 싶지 않아. 유지니……도 그렇고."

메를리니는 숨이 갑갑했다. 애써 기적에 기대고 있었다.

지금 몸 상태로는 종목걸이를 이용한 순간이동도 사용할
수 없었다.

"이르에. 이곳에 지하도가 있었지⋯⋯?"

"비상출구 같은 개념이었지. 정확히는 화재사고에 대비
하기 위해 정문 바로 앞으로 이어지는 길이라고 들었어. 정
문으로 가게?"

"그래야지. 유지니도 만나야 하니까."

"그렇다면 현재로선 비상지하도로 가는 게 좋을 듯해.
적들과 조우하지 않고 빠르게 이동할 수 있을 테니까."

이르에를 선두로 간간이 만나는 적병들을 쓰러트리고 지
하도로 진입했다.

오랫동안 사용하지 않은 탓인지 지하도는 텁텁 숨을 옥
죄는 먼지로 가득했다. 어두컴컴해서 제대로 걷기도 힘들
었지만 일일이 길목마다 불을 켜면서 갈 여유는 없었다. 다
행히 입구에는 횃불용 막대기가 구비돼 있었다. 일행은 횃
불을 몇 개 준비해서 어두운 길을 헤쳐 나갔다.

"다들 발밑 조심하고."

발길에 크고 작은 돌멩이가 널려 있었다. 상대적으로 맨
뒤에 따라붙느라 궁녀들이 돌멩이에 걸려서 넘어지기도 했
다. 이동속도를 늦출 순 없어서 일일이 챙겨주진 못하고 계

속해서 앞으로 나아갔다.

그래도 선두에 선 이르에와 호위병들이 최대한 돌멩이를 옆으로 치우는 작업을 도맡았다. 일일이 발로 걷어냈다.

"으이구. 낮의 신전 양반들 평소에 관리 좀 하지. 엉망이구만."

"어쩌면 당연하다면 당연할 게으름이었겠지. 누가 감히 낮의 신전을 습격할 생각을 했겠어. 그것도 왕의 아이를 밴 내가 머무는 동안에."

"그래, 아무래도 목표는 너겠지."

"응. 그리고 현시점에 나를 노릴 만한 인물은 달리 없지. 황금 피를 물려받았다는 철없는 왕비의 소행이겠지."

"이건 철없는 정도를 넘어섰잖아? 나 같은 바보도 이런 미친 짓을 벌이진 않겠어. 자칫 지금까지 쌓아놨던 모든 걸 한 번에 날려 버릴 무리수 아니야?"

메를리니는 슥 턱을 괴었다.

"사실 그게 의문이야. 내가 여기 와 있는 동안 정치적으로도 우위를 점했을 텐데…… 행여 이 잔학한 습격무대에서 나를 죽이지 못한다면 한순간에 공든 탑을 모두 잃어버릴 것을…… 당최 무슨 생각으로 이러는지 모르겠어. 하나 그녀의 오판 덕분에 우리도 이 위기를 넘기기만 하면 기나

긴 정쟁을 단번에 종결시킬 수 있게 됐지."

"쳇. 살아남는다면 말이지."

툭 던진 말과는 달리 이르에는 언제라도 자신의 목숨을 담보로 메를리니를 살릴 수 있다면 기꺼이 그럴 심산이었다. 그러한 마음가짐은 다른 이들도 모두 마찬가지였다.

저 뒤쪽에서 시끌시끌한 소리가 들려왔다. 적병들이 들어온 게 틀림없었다.

"젠장. 좀 더 서두르자고."

이제는 돌멩이를 걷어가면서 여유를 부를 틈이 없었다. 이르에는 대충대충 걷어내면서 걸음걸이에 박차를 가했다. 궁녀들도 젖 먹던 힘까지 짜내서 뒤를 따라붙었다.

슬슬 끝이 보여 갔다.

바깥으로 통하는 계단 앞에 도착했다.

이르에와 호위병들이 먼저 문 근처에 인기척 여부를 확인하고 메를리니를 바깥으로 모셨다. 철문을 활짝 열자 상쾌한 공기가, 눈부신 풍경이 그들을, 그리고 반갑지 않은 인물들이 우르르 서 있는 걸 맞이했다.

"메를리니 폰 루티아, 아니지. 메를리니 데 크닐베이라. 쥐새끼처럼 잘도 도망치고 계셨네요. 근데 이걸 어쩌나? 이미 신관들의 더러운 입에서 비상지하도에 대해 들어서 말이에요. 푸흡. 깜깜한 길을 지나오느라 고생했을 텐데 정말 어쩌나."

에리는 배를 부여잡고 빈정거렸다.

메를리니의 표정이 바짝 굳었다.

입구 주변을 쭉 포위한 적병들은 중무장한 기사에서 병사까지 수가 상당했다. 설마 이런 일이 벌어질 줄 예상치 않고 수행원들을 적게 데려왔던 메를리니의 안일함이 낳은 위기였다.

메를리니는 애써 표정을 가다듬고 에리와 마주했다.

"왕비님께서 이 누추한 곳까지 친히 납시셨군요."

"같잖은 존칭은 여전하군요."

"피차일반이죠."

두 사람의 대화 분위기에 따라 언제라도 혈투가 벌어지기 직전이었다. 양측은 바짝 긴장된 얼굴로 서로를 주시했다.

사냥꾼들 앞에 선 여우 마냥 조심스러운 메를리니의 꼬락서니를 보고 있자니 에리는 삐져나오려는 웃음을 참지 못했다. 어찌나 열심히 웃던지 배를 부여잡고 함박웃음까지 터트렸다.

메를리니는 임신을 아랑곳 않고 배를 붙잡는 에리의 손

을 지그시 쳐다봤다.

"낙태라도 했나 보군요."

"……."

에리의 웃음소리가 뚝 끊겼다.

바로 옆에 서 있었던 레페리가 침을 꿀꺽 삼켰다. 그는 메를리니가 가장 해선 안 될 말을 내뱉어 버렸다고 중얼거렸다.

가뜩이나 광기와 희열로 물이 올라 있었던 에리의 눈빛이 더욱 날카롭게 변모했다.

"죽는 방법에는 여러 가지가 있지. 빈궁은 어떻게 죽고 싶은지 궁금해지는걸. 사지를 찢어 줄까? 교수대에 올려 줄까? 굶주린 맹수 우리에 던져 줄까? 아니면 뭐 더 원하는 방식이 있다면 그렇게 해 주지. 명색이 왕의 핏줄을 잉태한 계집인데 싱겁게 보내줄 수는 없는 일이잖아. 안 그래? 메를리니 데 크닐베이라."

"발끈한 걸 보니 정곡이었나 보네요."

"……."

"당신이 이렇듯 무리수를 뒀던 이유가 이해되네요. 그런데 이상하지 않나요? 굳이 자신이 직접 올 필요까지는 없었을 텐데요."

"애초에 너만 없었다면 아무런 문제가 없었으니까. 그런 와중에 네가 죽는 모습을 직접 보지 못하면 답답하잖아……?"

메를리니는 어깨를 가볍게 으쓱거렸다.

"당신과 나는 누구를 원망하고 미워해야 할 정도로 깊은 관계는 아니었어요. 그저 굴러 온 돌이 박힌 돌을 빼려는 관계였을 뿐."

"……다 안다는 듯 멋대로 지껄이지 마."

에리의 몸이 부들부들 떨렸다. 언제 터질지 모르는 화산처럼.

"자존심으로 시작했던 당신의 사랑이, 돌아오길 바라는 사랑으로 바뀌었을 때. 그것은 무슨 수식어를 붙인다 한들 사랑이었던 거겠죠. 거듭 미안하지만 당신의 사랑을 일그러트리고 싶은 마음까지는…… 저도 없었어요."

"……동정심이라도 사려고 혀를 놀리는구나."

메를리니는 고개를 절레절레 흔들었다.

"동정을 바라진 않아요. 이건 당신과 나의 조용한 사투가 막을 내리는 것과는 별개의 감정이에요. 여자와 여자로서 안타까운 마음이 드는 데 이유가 필요한가요. 왕국을 차지하기 위한 정략결혼의 희생자가 되지 않았다면, 당신도 사랑하는 남자의 사랑을 듬뿍 받으면서 살았겠죠."

"……."

에리는 입을 꾹 다물었다. 슬픈 침묵이었다. 메를리니의 말이 너무나 와 닿았다. 이미 사랑하는 여자가 있는 남자의 옆자리를 정치적으로 꿰찼을 때. 처음에는 자신의 매력으로 모두 해결이 될 줄 알았다.

그러나 그건 현실을 부정하려 한 보잘것없는 몸부림이었다. 지금 이 자리에서 메를리니를 죽인다 한들, 또 다른 정치판의 명분으로서 존재해야 할 뿐. 그 남자는 아마 평생토록 자신을 사랑하진 않겠지…….

그리 생각하니 뭐가 뭔지 혼란스러웠다. 에리는 맥없이 웃음을 터트렸다. 힘 빠진 헛웃음이었다.

그제야 레페리는 돌아가는 상황이 심각해졌음을 깨달았다. 에리의 의사와 상관없이 지금 메를리니를 죽이지 못하면 문제가 커질 게 자명했다. 패닉에 빠진 에리를 뒤로 물리고 병사들에게 공격명령을 내렸다.

그때 신전 정문 쪽에서 르나이아가와 유지니, 그리고 병사들이 우르르 들어왔다.

르나이아가의 오른손으로 에단이 질질 끌려오고 있었다. 겨우 숨만 붙은 채 정신을 잃은 상태였다.

레페리의 부하들은 상황이 심상치 않게 돌아가고 있음을 인지했다. 그들은 너나 할 것 없이 공격을 멈추고 술렁였다.

레페리도 망연자실했다. 더 싸워봐야 헛되고 무의미한 희생일 뿐이었다. 작정하고 메를리니를 죽인다 한들 끝내 제압이라도 당하는 날에는 에리의 목숨은 그걸로 끝이었다. 이틀로이하의 핏줄을, 자신의 사랑스러운 제자를 죽게 만들 순 없었다. 여지를 남겨둬야 했다.

"하…… 이젠 돌이킬 수 없겠구나…… 황제 폐하, 죄송합니다……."

레페리는 허탈한 얼굴로 부하들에게 무기를 내려놓으라고 명했다.

이어 메를리니의 호위병들이 나서서 적병들을 제압하고 포박하기 시작했다. 양팔이 묶이고 바닥에 주저앉는 그 순간까지도 레페리는 스스로를 다독이지 않았다. 자신은 최선을 다한 것이라고, 후회는 없다고, 스스로를 포장하진 않았다.

"빈궁 마마. 저는 상관없지만, 왕비님만은 안전히 데려가 주시길 부탁드립니다."

"아뇨. 당신도 그런 격 낮은 대우를 받을 분이 아닙니다.

레페리 데미우스 공."

메를리니는 레페리의 몸을 봉한 포승줄을 풀라고 지시했다. 이윽고 인근 마을에서 공수해 온 마차에 태워주기까지 했다.

죄인이되 죄인이 아니었다. 심판을 받기 전까지 그들은 제국의 재상과, 왕국의 어머니였다. 아니, 재판을 받게 될지언정 그들은 보잘것없는 대우를 받을 위인들이 아니었다.

적어도 메를리니는 그들을 그렇게 생각했다. 심지어 그녀는 멍하게 뜬 에리의 얼굴을 보며 안쓰러운 감정마저 들었다. 리케드나를 비롯해 많은 이들이 그녀와의 분쟁 때문에 희생되었는데도 그랬다. 정치적 대립을 떠나 같은 여자로서…….

슬슬 날이 저물어갔다. 낮의 신전 내부에서 일고 있는 연기는 여전했다. 영원할 거라고 여겨졌던 낮의 신전이 폐허가 돼버린 것을 뒤로하고, 메를리니 일행은 수도 레필타로 떠났다.

제6장

안녕히

『안녕히. 안녕히. 새로운 생명에게 안녕이란 인사를 드리고,
새로이 견지해야 할 그 생명에게 안녕이란 인사를 드리고,
우리의 관계에 대해 메인 목으로 안녕이란 인사를 드린다.』

　에리와 그녀를 따랐던 추종자들은 왕비 즉위식이 거행됐
던 성스러운 그 장소에서 재판을 받았다.

　재판의 당위성을 증명하기 위해 레이드, 메를리니, 데레
니아를 비롯해 내로라하는 정계 인사들이 대부분 참석했
다.

　재판관은 융통성이 부족해 움직이는 법전이라고 불렸던
조르노 마빈이었다. 그는 이번 법정에서도 법에 의한 법을
위한 절차로 진행할 셈이었다.

중점적으로 다룰 사안은 후궁 시해 도모와 왕의 혈육을 살해하려 한 죄, 낮의 신전 습격, 무고한 살해 죄, 등등 붙일 수 있는 모든 혐의가 직접적으로 나열되었다.

조르노의 강경한 어조에 죄인들의 표정은 제각각이었다. 대부분은 망연자실한 얼굴이었고, 에리도 멍하니 고개만 들고 있었다. 레페리는 허탈한 미소를 잘게 지었고, 에단은 빙그레 웃는 여유도 얼핏 보였다.

법정 분위기 면에서 잠시 여유가 생기자, 데레니아가 조르노에게 양해를 구하고 자리에서 일어섰다. 그녀는 자못 진중한 어조로 말했다.

"그녀가 국왕을 진심으로 사랑하는 한 여인으로만 남았다면 나도 그녀를 존중하고, 또 누구보다 사랑하고 믿어줬을 것이오. 나는 나 스스로를 돌보기보다 그녀를 진정한 왕비로 만드는 데 더 많은 시간을 투자해 왔다고 자부하는 바이오."

사실 판결 결과와는 아무런 관련이 없는 발언이었다. 도리어 괜히 나서서 주책을 부리는 모양새에 가까웠다.

데레니아의 말을 듣고 레페리는 기가 찰 노릇이었다. 물론 왕태후가 도움을 아예 안 준 건 아니었다.

일단 왕비와 후궁의 대립을 굳이 건드리지 않고 방관하

듯 놔둬 준 것만 해도 대단한 선심이긴 했으니까. 그렇다고 저런 말을 할 만큼 그녀가 도움을 줬다고 단언해도 되는 것인가?

검은 옷을 입은 에리는 끝까지 무덤덤한 얼굴이었다. 멍하다고 해서 기력이 없는 건 아니었다. 그저 재판의 승소나 패소 등등, 형량 등등의 사안에 대해 아무런 관심이 없는 듯했다.

레페리만이 나름 침착한 태도로 논쟁을 벌일 의지를 보이며 무죄를 계속 주장했다. 그는 어떻게든 에리의 형량을 줄여서 왕비 폐위를 막고, 그녀의 생을 보전하여, 이틀로이하의 명맥과 자존심을 지켜 주고 싶었다.

레페리는 모종의 청탁을 받았다고 증언했으나, 정작 증인으로 나온 당사자는 이를 단호히 부인했다. 뭐 레페리의 그런 주장을 떠나서라도, 에리와 레페리의 주도로 메를리니 시해를 계획했다는 건 너무나 자명한 결과물이었다.

"국왕 전하, 부디 자비를 부탁드립니다……."

레페리는 진심으로 호소했다.

그는 자신의 행동이 얼마나 바보 같은지 알고 있었고, 또 그런 모습이 오히려 레이드의 감정을 건드려서 역효과를 낼지도 모른단 사실을 알면서도, 한 줌의 기적을 위해 기꺼이 몸을 조아렸다.

레이드는 차갑게 한마디로 끝맺었다.

"조르노 재판관, 적법한 절차에 맞춰 진행하시오."

"예. 전하."

판결은 별다른 이변 없이 착착 진행되었다.

피해자 메를리니의 증언을 받고, 각계 인사들에게 조언을 구한 뒤, 모든 내용을 종합한 조르노는 보조 재판관들과 논의한 뒤 에리와 그 동지들의 혐의에 대해 유죄판결을 내렸다.

"통상 적용하는 형벌 및 방식으로 형을 집행하겠습니다."

아마 이때 조르노에게 신의 변덕이 앉았다 떠나간 게 아닐까. 놀랍게도 그는 사형은커녕 당장 에리를 왕비 직위에서 폐위한다는 내용도 읊지 않았다. 에단을 비롯해 대부분의 죄인들이 모두 사형에 처해졌으나 에리와 레페리는 제외 대상이었다.

사실 에단 건도 나름 융통성을 발휘한 건지 바로 사형이 아니었다. 세 사람은 냉궁으로 쫓겨난 뒤, 모든 지위와 권한을 잃는다는 조건이었다.

왕비직 폐위 또한 냉궁행 이후로 정해졌다. 레페리는 연신 감사하다며 눈물을 흘렸다. 나머지 사형 예정자들에 대해선 특별히 레이드가 고통스럽지 않도록 단순 참수형으로 감형해 주었다.

끝으로 에리에게 마지막 발언권이 부여됐다. 그녀는 선고가 내려진 뒤임에도 무덤덤한 얼굴을 유지했다. 최후 진술 기회를 앞두고 목소리를 가다듬는 자세도 보였다.

"영혼이 영혼을 사랑한 죄가 죄라면 죄. 저는 맹세코 이곳에 그 외에 다른 이유로 머문 적이 없었습니다. 응당 비굴하게 목숨을 구걸할 생각도 없고요."

법정에 모여들었던 사람들은 대부분 에리가 선처를 베풀어 달라고, 자비를 부탁한다며 애걸복걸할 줄 알았다. 그러나 그녀는 자신이 말한 대로 그와 비슷한 언사를 전혀 하지 않았다.

이어 병사들에게 이끌려 가는 그 순간까지도 용서를 비는 등의 발언은 단 한 마디도 읊지 않았다. 유죄판결을 받은 죄인은 통상 선처를 호소하기 마련이었기에, 그녀의 그런 면모는 사람들의 놀라움을 사기에 충분했다.

*   *   *

이튿날. 햇빛이 만연한 오후.

메를리니는 무거운 몸을 이끌고 에리의 방을 찾아나섰다.

왕비의 직위도, 냉궁으로 쫓겨나는 일도 아직 시간이 남아 있었다. 에리는 이틀 동안 왕궁에서의 생활을 마무리 짓고 냉궁으로 이동할 예정이었다. 국왕이나 왕태후에게 인사를 드리거나 각종 잡다한 절차를 치르고 떠나는 게 왕실의 법도였다.

왕비방은 더없이 조용했다. 숨이 막힐 듯 옥죄는 공기로 가득해서 답답할 지경이었다. 메를리니는 왕비방을 관리하는 궁녀들의 표정을 살펴봤다.

모두가 메를리니를 두려워했고, 에리 또한 어려워했다. 그저 이 방에서 하루빨리 나가고 싶다는 기색이 역력했다.

침대 틀에 가지런히 기대앉은 채 창가를 구경하고 있었던 에리의 시선이 느릿하게 움직였다. 허무? 공허? 침묵? 그녀는 말없이 빙긋 웃으며 메를리니를 바라봤다.

메를리니는 방 안에 풍기는 아련하고 애잔한 공기를 느끼며 정중히 인사를 올렸다.

"왕비 마마, 건강은 어떠신지요."

일상 인사였다. 메를리니는 궁녀들이 챙겨온 푹신푹신한

의자에 앉았다. 굴곡진 허리로 하여금 그녀의 배가 도드라지고, 그걸 에리가 알아봤다. 여전히 말은 없었다. 딱히 입이 무겁다거나 기분이 상한 건 아니었다. 그냥 부드러운 얼굴로 말만 하지 않았다. 마치 실어증에라도 걸린 것처럼.

"에리, 솔직히 저는 당신이 원망스럽기도 해요."

메를리니는 손가락을 매만졌다.

"당신과의 보이지 않는 싸움으로 많은 사람들이 희생됐으니까요. 하지만 전에도 말씀드렸듯이 당신을 마냥 미워할 수만은 없어요. 결국 당신도 정쟁의 희생양이 돼버린 거니까요. 결국 당신이 이렇게 된 것 또한 원래는 없었던 역사의 결과물. 그 구멍과 연결고리를 만들어 버린 것은 바로 저랍니다."

회귀하기 전 역사에서 에리가 루티아르의 왕비가 되는 일은 시도조차 되지 않았다. 루투스 국왕이 비명사하는 일도 없었다. 메를리니의 변화가, 그 작은 이음새가 뒤틀린 것만으로 세상은 변화해 버렸다.

에리라는 여인도 변화한 시대가 낳은 피해자. 세상을 변하게 만든 메를리니의 죄라고 해도 과언이 아니었다.

메를리니는 차분한 어조로 입을 열었다.

"에리, 당신의 고향으로 돌아가고 싶은가요?"

대답이 없자, 다른 질문을 읊었다.

"다이헤르의 황제 폐하와 태제 전하를 뵙고 싶지 않나요?"

에리의 눈동자가 스르르 메를리니를 응시했다. 내게 왜 이런 질문을 하느냐는 눈빛이었다. 원망도 미움도 없는.

"제게 말씀을 주신다면, 그 청이 제가 가능한 거라면 어떻게든 이행해드릴게요. 아, 물론 방금 먼저 꺼냈던 물음도 해당된답니다."

"……그냥 아무 생각도 나지 않아요."

첫 마디가 너무 뜻밖이라 메를리니는 바로 답하지 못했다.

어안이 벙벙한 메를리니를 바라보며 에리의 몇 마디가 흩어지듯 작게 울렸다.

"다이헤르 제국으로 돌아가도 내게 쏟아지는 건 환영과 감사가 아니라, 비난과 질타일 거예요. 국가의 망신이라며 백성들은 손가락질할 것이고, 오라버니들은 저의 치기 어린 판단이 낳은 결과라며 나무라겠죠."

중얼거리듯 읊었음에도 메를리니는 똑바로 귀담아듣고는 고개를 절레절레 흔들었다.

"황제 폐하는 직접 뵙지 못했으니 어떨지 몰라도, 아르펜 태제께서는 반갑게 맞이해 주실 거라 사료됩니다. 당신도 그분이 그런 오라버니라는 걸 알고 있지 않나요. 그는 상처 입은 동생을 매몰차게 내칠 정도로 차가운 사람이 아니에요."

"그런가……."

에리는 다시 창가로 시선을 돌렸다.

아마 그녀는 창가 너머 세상, 저 멀리 눈으로는 보이지 않는, 그러나 마음과 기억에는 남아 있는 제국의 땅을, 자신의 고향을 바라보고 있지 않을까.

메를리니는 정중히 인사를 건네고 왕비방을 나왔다. 에리의 힘 빠진 모습을 더는 보기 힘들었다. 안쓰럽고 미안하기까지 했다. 자신을 죽이려고 몇 번이고 시도했던 그녀에게 미움보다 측은한 마음이 더 들었다.

세상은 부조리로 가득 찼고, 언제 어딜 가나 싸움과 경쟁이 파다했다. 관직을 얻기 위해 경쟁자를 비방하고 헛소문을 퍼뜨리는 일이 허다했고, 물리적인 충돌도 때로 거침없이 일어났다. 에리 왕비와의 싸움도 그보다 심하면 심했지, 덜하지는 않았었다.

"유지니, 에리 왕비의 냉궁행이 언제였지?"

"내일 모레라고 들었습니다."

"차라리 그날 비라도 좀 왔으면 좋겠구나. 하늘이라도 대신 슬퍼해 주면 좋겠어."

메를리니는 슥 하늘을 올려다봤다.

그녀의 바람을 이뤄준 것일까. 이튿날부터 슬슬 비가 내리는가 싶더니, 에리가 냉궁으로 거처를 옮기는 날에는 비가 추적추적 내렸다.

왕태후의 방을 들른 후 국왕 알현까지 마친 에리는 슬슬 냉궁으로 발걸음을 옮겼다. 레페리와 아직 사형날짜가 잡히지 않은 에단도 그녀를 따라 이동했다.

냉궁이라 함은 말이 궁전이지 이름에서 드러나듯 제대로 된 곳은 아니었다. 수도 레필타에서 말을 타고 반나절쯤 가야 도착하는 작은 동산에 지어놓은 유배지 같은 곳이었다.

왕비였던 여인이 떠나는 길에 축복의 인사를 건네는 궁인은 없었다. 어디까지나 죄인이었으며, 좋은 일도 아닌데 축복을 기리는 것 또한 예의가 아니었다.

왕궁 정문을 볼 수 있는 구석 언저리. 부랴부랴 뒤따라 나온 데레니아는 에리의 쓸쓸한 뒷모습을 지켜보았다. 왕비가 될 여인이라며 입궁했던 게 엊그제 같았다. 결국 왕비의 자리를 꿰차서 위세도 대단했었다.

한 번은 데레니아와 독대하는 자리에서 기세로 시어머니

를 누르려고 한 여장부의 면모도 보였었다. 메를리니가 레포데포의 후유증으로 낮의 신전으로 떠났을 때, 솔직히 데레니아는 이 치열한 싸움이 에리의 승리로 끝을 맺는구나 싶었다.

그러나 하늘은 메를리니의 손을 들어주었다.

데레니아는 한 가닥 튀어나온 흰 머리카락을 살살 만지작거렸다.

"향설, 왕이 된다는 게 무얼 뜻하는지 아느냐?"

"자신의 목숨이 하나가 아니게 된다는 것이죠."

"그건 남의 머리 위에 서는 사람은 누구나 가져야 할 소양 중 하나일 뿐. 왕이라 하면 보다 더 고차원적인 문제에 직면하게 된다. 왕위에 올라 머리에 왕관을 쓰는 순간 엄청난 무게를 지탱해야 하지. 상상을 초월하는 그 무게를 견딘다는 건 단순히 자신이 품어야 할 백성의 수가 많아지는 것만이 아니야. 애초에 가진 게 없는 거지는 잃을 것도 없다. 하나 가진 게 많으면 많을수록, 자신이 누리는 영광이 드높으면 드높을수록 잃는 것에 대한 공포는 심해지는 법이지."

"에리 왕비도 마찬가지였겠군요."

"에리는 철없고 욕심 많으며 질투도 심했지. 이 세상에서 가장 큰 나라의 공주님으로 태어나, 모든 걸 가져왔기에 선천적으로든 후천적으로든 이미 형성된 그녀의 성격으로는 버티기 힘들었을 터. 그런 점에선 메를리니는 분명 인정할 만한 그릇이다. 보통 왕태자비에서 후궁으로 전락하면 버티기 힘들기 마련이거늘. 그런 메를리니가 없었다면 애리도 진정한 왕비가 될 수 있지 않았을까?"

"네. 후궁께서도 왕태후 마마의 보살핌 안에 들어갈 분이시죠."

"향설, 너는 여전히 친 메를리니 파로구나. 차코도 그렇고. 내 여섯 기사 중 둘이나 그 아이의 편을 들어주고 있다니 놀라울 따름이야."

데레니아도 잘 알고 있었다. 이제부터는 메를리니를 진실로 인정해 줘야 한다는 것을.

"메를리니는 백성들의 사랑을 듬뿍 받는 인기 왕비가 되겠지. 왕비란 위치는 무릇 왕국의 어머니를 자처하는 자리. 백성들의 진짜 어머니로서 국가의 안녕과 평온을 신경 쓰는 왕비의 모습이 떠오르는구나. 어쩌면 내가 일궜던 왕비로서의 가치까지 넘어설지도 모르지. 나도 남작 가문의 보잘것없는 계집이란 평은 조용히 거둘까 생각 중이다."

"아무리 그래도 왕태후 마마만큼은 아니겠죠."

데레니아는 어깨를 가볍게 으쓱했다.

"글쎄. 네 생각이 꼭 나와 같다고 할 순 없는 법. 우습게도 지금 이 순간, 나는 메를리니가 차라리 나를 넘어서길 바라는 마음이다. 그래야만 내 아들의 든든한 버팀목이 되지 않겠느냐. 왕태자비에서 왕비가 되지 못했음에도 후궁이 돼서라도 내 아들을 사랑하는 여인이거늘. 적어도 권력욕에 휩싸여 내 아들을 배신할 아이는 아닌 듯싶으니."

향설은 고개를 조금 젖히더니 이내 데레니아의 말을 수긍했다. 데레니아란 여성의 안목은 향설이 지금껏 봐 온 그 누구보다 최고였다. 그녀는 일찍이 수많은 음유시인들의 시를 통해 순결한 우아함과 비상한 재주, 매력적인 목소리를 지닌 여인이란 찬사를 한 몸에 받아 왔다.

*　　　*　　　*

만삭으로 배가 눈에 띄게 불었다. 복도를 걸을 때면 고귀한 축복이 깃드셨다며 궁인들은 경외의 시선으로 보기 바빴다.

메를리니는 아기가 태어나기 전에 푸른 자연의 공기를 마셔보고 싶었다. 레이드의 허락을 받고 레필타 인근 동산을 올랐다. 신록이 왕성하고 춥지도 덥지도 않은 포근한 날씨였다. 작은 동산이었지만 꼭대기에 오르니 주변에 보이는 풍경이 절경이었다.

"왕의 아이를 품어서 그런 걸까. 경치가 진정 남다르구나."

"마마의 말씀이 맞습니다."

몰리가 거들었다.

메를리니는 빙긋 웃었다.

"그러게. 정말 화창한 하루야."

곧 있음 사랑스러운 아기가 태어난다고 생각하니, 매일이 가슴 벅찬 나날이었다. 태교를 위해 독서도 열심히 했고, 상스러운 말을 최대한 삼가려고 노력했다. 아무튼 에리와의 대립도 그렇고 별의별 사건이 다 있었으니, 세상사 모를 지경이리라.

마차에 몸을 싣고 내리막길을 지나는 동안, 울퉁불퉁한 길에 마차가 흔들거렸다. 덜덜덜 떨리는 진동에 배 속의 아이가 요동쳤다.

메를리니는 살며시 배를 어루만지며 해맑게 웃었다. 조만간 아기가 태어난다는 게 너무나 설레고 행복했다. 참으로 긴 시간을 돌아왔다.

*　　*　　*

다행이라면 다행이었을까.

아이의 성별을 보고 메를리니는 기분이 좋았다. 사실 자기 배로 낳는 소중한 아이의 성별이 무어 중요할까? 그래도 이왕이면 딸보다는 아들이 낫다는 게 참 한심하면서도 현실적이었다.

메를리니 또한 왕의 아내로서 딸보다 아들을 바랐고, 그녀의 남편도, 시어머니도 모두 바랐던 대로 아들을 낳았다.

첫 아기지만 비교적 순산을 해서 또 한 번 다행이었다. 레이드는 자신의 피를 이어받은 숭고한 아이를 보며 뛸 듯이 기뻐했다. 나중에 안 이야기지만 시어머니 데레니아도 기분 좋게 와인 잔을 기울였다고 했다.

레이드는 왕실을 비롯해, 수도 레필타, 더 나아가 왕국 전역으로 이 기쁜 소식을 전하는데 여념이 없었다.

그의 기뻐하는 얼굴을 보니 메를리니의 기분도 한층 더 좋아졌다. 문득 그녀는 고향에 계신 부모님이 떠올랐다. 아들은커녕 하나뿐인 외동딸을 시집보내고 얼마나 적적하실지……

"전하, 언제 함께 크네베 개울을 가시지 않겠어요?"

"그래. 당신의 고향 땅도 한번 찾아가야지. 내 시간을 내 보리다."

레이드는 진실로 무엇이든 해 주고 싶었다. 궁녀장 몰리와 유지니가 음식을 가져오면, 자신이 손수 들고 와 메를리니에게 먹여 주었다. 식사 때뿐 아니라 틈틈이 여유가 있으면 찾아와 아기를 보고 갔다.

그의 정성이 빛을 발한 것인지. 메를리니는 기쁜 마음에 입맛도 돌고 여러모로 행복한 나날이었다. 산후 회복이 빠르고 젖도 잘 돌아, 그녀와 아기 모두 부족할 게 없었다.

"라빈이라고 짓고 싶어요. 라빈 폰 루티아."

"라빈이라. 좋은 이름이구려. 그래, 우리 라빈이, 귀엽기도 하구나. 장차 내 뒤를 이어 왕위에 오를 수 있도록 쑥쑥 자라거라."

다행히 레이드는 싫은 기색이 전혀 없었다. 그날부터 라빈은 왕가의 소중한 아이라고 불렸다. 레포데포라는 질병조차 이겨낸 훌륭한 신의 아들이라며 칭송이 자자했다.

잠자리에 들기 전, 메를리니는 라빈을 부둥켜안은 채 흐뭇한 미소를 지었다.

"12년…… 그토록 간절히 바랐던 아이를 이렇게 보나니 행복하기 그지없구나⋯⋯ 라빈아, 내 아들 라빈아. 사랑스러운 아들 내 라빈아. 네가 걸음마를 시작하고 왕위를 이었을 때, 네 앞길을 가로막을 장애물이 무엇 하나 없도록, 이 엄마가 그리 만들어 줄게⋯⋯."

*　　　*　　　*

메를리니는 참으로 억척스럽고 의지가 강한 어머니였다.

아기를 키우는 동안 자신의 여가 시간을 모두 뺏겨서 고통스러웠지만, 어지간해선 궁녀들에게 아기를 맡기지 않았다.

밤에도 수차례 깨어 울고 보채는 라빈을 진정 사랑으로 감싸주었다. 때로 레이드가 국무의 노곤함에 침대 옆으로 잠들어 있노라면, 한 폭의 그림처럼 애정이 넘치는 가족의 모습이었다. 물론 라빈이 자고 있을 때의 이야기였지만.

라빈이 깨어 있을 때면 정말 정신이 없을 정도로 난리도 그런 난리가 없었다. 수시로 궁녀들이 왔다 갔다 하면서 메를리니를 보조해 주었다. 꽤 기간이 흐른 뒤에야 메를리니는 한시름 놓을 수 있었다.

"무럭무럭 자라거라, 내 아들."

메를리니는 젖을 빠는 라빈의 모습을 내려다보며 한없이 사랑스러운 미소를 지었다. 뽀얀 라빈의 뺨을 보노라면 행복이란 이런 것임을 실감했다. 내 아이, 자랑스러운 내 아들. 저절로 미소가 지어지는 것을, 그저 보는 것만으로 행복한 것을.

문득 그녀는 '세상의 모든 어미는 참 존귀하구나.' 라는 감회에 잠겼다.

인간이든, 동물이든, 무엇이든. 어미, 어머니라는 존재가 얼마나 고귀하고 성스러운지. 아기를 위해 자신을 바치고 희생하는 여성의 가치란, 아기를 낳아보기 전까진 느껴보지 못하는 게 아닐까.

어쩌면 그래서 상상임신이란 사실을 깨달았을 때 에리는 그토록 미쳐 버린 듯 정신을 놓아 버린 게 아닐까.

"에리 폰 이틀로이하……."

그러고 보면, 지금 그녀는 무얼 하고 있을까.

적으로 대면했다가 이젠 적군도 아군도 아닌 애매한 관계가 돼버린 여인. 같은 여자로서 애잔한 감정을 전해 주었던 여인…….

메를리니는 창가를 바라보며 우수에 잠겼다.

　　　　＊　　　　＊　　　　＊

　레페리는 추위에 으슬으슬 떨었다. 차가운 바람이란 표
현으론 뭔가 부족했다. 아무리 그래도 궁전의 틀을 갖추고
있는 건물임은 분명하거늘. 어찌 이토록 겨울처럼 냉기가
물씬 풍기는 것인지……

　"에리 님, 몸은 괜찮으십니까?"

　"네……."

　에리도 추위로 고통스러웠다. 하지만 뭔가 의지 없는 눈
길은 예전 그대로였다. 표정에 아무런 감정의 미동도 없는
느낌이었다. 그저 본능에 의거해 추위를 타고 있었을 뿐,
삶을 향한 열정은 없어 보였다.

　"레페리 선생님……."

　"예."

　"지금쯤이면, 그녀가 아기를 낳았을까요……?"

　"글쎄요."

　레페리는 얼마 전, 메를리니가 순산했다는 소식을 전해
들었다. 그러나 에리에게만은 입도 뻥긋하지 않았다. 이 이
상 그녀의 마음을 피폐하게 만들고 싶지 않았다.

　"그렇군요……."

에리는 빈 배를 스윽 어루만졌다.

"그땐 분명 배가 불룩해진 느낌이었는데…… 허기도 지고…… 입덧도 하고 그랬는데……."

"……."

"그녀의 아기를 보고 싶네요……."

"봐서 무얼 하시려고……?"

"그냥 왠지 보고 싶어요. 한때나마 사랑인 줄 모르고, 미움인 줄 모르고, 친구로조차 남지 못한 두 사람의 아이를. 참 바보 같죠? 제가 그때 미련하게 굴지 않았다면 레페리 선생님께서도 이런 모진 고생을 할 일도 없었을 텐데……."

레페리는 눈시울을 붉혔다.

에리의 말대로라면 차라리 자신이 왕국으로 넘어오지 말았어야 했다. 아니, 황제와 바람의 재상이 되도 않는 정략결혼을 시키겠다고 했을 때. 자신의 목숨을 걸어서라도 뜯어말려야 했다.

어쩌면 그때 당시 레페리는 오만과 자만에 빠져 노망난 노친네처럼 앞길을 보지 못한 게 아니었을까. 문득 그런 생각을 해 봤다.

황제야말로 가장 우선적으로 따라야 할 이틀로이하의 핏

줄이기에, 그를 위한 길이라면 무엇이든 잘 풀릴 것이리라. 에리가 진짜 왕비가 돼서 제국의 기틀을 마련하는데 도움이 될 것이리라.

분명 처음 상상임신인 줄 모르고, 에리가 임신했다는 소식을 들었을 때. 레페리는 왕비궁에 전시해 놓은 역대 왕비들의 초상화를 보며 고지가 눈앞이라고 생각했었다.

하지만 결과는 이 꼴. 스스로가 한심스러웠다. 레페리는 바닥에 주저앉아 머리를 바닥에 처박았다.

"에리 님…… 죄송합니다. 죄송합니다……."

"레페리 선생님……."

에리는 말없이 레페리의 등을 보듬어주었다.

두 사람이 슬픔을 공유하는 사이, 또 하나의 죄인으로 명명됐던 에단이 방 안으로 들어왔다.

둘의 시선이 에단에게로 향했다. 에단은 뭔가 세상을 달관한 얼굴이었다. 그제야 둘은 때가 됐구나, 그렇구나, 상황을 수긍했다.

"그동안 보잘것없는 저를 믿고 일을 맡겨주셔서 감사했습니다. 레인 디너즈 공이나 황제 폐하께도 인사를 드리고 싶었으나, 상황이 상황인 만큼, 두 분께만 인사를 드립니다."

"에단 키라트 경……."

"저는 재판장에서부터 사형이라고 낙인이 찍혔던 입장. 이미 제 부하들이나 함께 했던 동료들도 먼저 떠났습니다. 저 또한 다가올 때만 기다리고 있었던 참이니 슬퍼하실 것도 없습니다. 그때 임무도 제 능력이 부족해서 빚어진 일. 그래도 인생의 마지막 임무가 왕비님과 제국의 재상님을 모신 일이었으니 그만한 영광이 또 있겠습니까."

에단은 무릎을 꿇고 정중히 절을 올렸다. 명예를 중시하는 기사로서, 동지들을 먼저 보내놓고 혼자 삶을 연명하고 있었던 그릇됨. 모두 이때를 위한 기다림이었지 싶었다. 가능한 좀 더 오래도록 모시고 싶었지만 운명의 수레바퀴는 멈춰 버렸다.

"아무쪼록 두 분 다 강녕하십시오."

그렇게 마지막 인사를 드리고 에단은 발걸음을 돌렸다. 등 뒤로 에리가 훌쩍이는 소리가 들렸지만 애써 외면하듯 방을 나섰다.

레페리가 뒤따라 나왔다.

"역시 따라 나오실 줄 알았습니다."

"알았다니? 무슨 의미인가?"

"레페리 데미우스 공, 이걸 받아주십시오. 언젠가 쓰실

날이 있을 겁니다. 저는 되도록 그게 쓰일 날이 없길 바랍니다만."

"이건…… 알겠네."

레페리는 더 묻지 않았다.

에단에게 받은 물건을 주머니에 쑤셔 넣고 나직이 기도문을 읊어주었다. 제국 최고 바람기사단의 부단장으로, 혹은 모시는 자를 진실로 따라준 충신으로서 생을 마감할 사내를 위한 축복의 언사였다.

에단은 명료한 하늘을 올려다보며 빙그레 웃었다. 그렇게 궁전 바깥에서 기다리고 있었던 병사들에게 이끌려 처형대가 있는 수도 레필타로 떠나갔다.

*　　　*　　　*

별빛이 만연한 밤.

메를리니는 라빈을 품에 안은 채 침대에 가지런히 앉았다. 새근새근 잠들어 있는 라빈을 바라보며 싱긋 웃었다. 새삼 내일 거행될 왕비 즉위식을 떠올리니 기쁘고 벅찬 감정이 들었다. 좀처럼 잠이 오지 않아 이대로 밤을 새울 것만 같았다.

"라빈아, 이 엄마가 비로소 아빠의 옆자리에 함께하게 되는구나. 회귀 전에도 이루지 못했던 자리. 왕의 옆에 마련된 그 의자에 드디어 앉게 되는 거야."

리케드나가 기록했던 붉은 여제로 향하는 길목은 아직 상상되지 않았다. 루티아르가 황제국도 아니었거니와, 왕좌는 남편의 것이었으니까. 메를리니는 자신이 왕이나 황제가 된 모습은 꿈에서조차 마주한 적이 없었다.

"루티아르의 왕비가 되는 꿈은 자주 꿨었지만, 왕이나 황제라 함은 생각조차 해 보지 않았지. 지금도 그렇고, 앞으로도 그렇지 않을까……."

상념이 많은 밤이었다.

이것저것 고민해 보고 생각해 보는 시간이었다. 왕비 즉위식에 따른 긴장된 기분이 낳은 잡생각들이었다. 했던 생각을 또 하고, 또 하다 보니 어느새 아침이 밝고 말았다. 어두컴컴했던 하늘이 연한 빛깔의 하늘색으로 변해 갔다.

"후, 결국 꼬박 밤을 새워버렸네."

꼬꼬닭 소리에 라빈도 슥 눈을 떴다. 울지도 않고 똘망똘망한 눈으로 엄마 메를리니를 쳐다봤다. 메를리니도 마주 바라보며 빙그레 웃었다. 엄마를 따라 라빈도 배시시 웃었다.

메를리니는 라빈을 꼭 안아주고는 왕비 즉위식 아침을 맞이했다.

눈부신 햇살이 세상을 감싸 안듯 부드럽게 비치고 있었다. 말도 많고 탈도 많았던 루티아르의 정세를 누그러트릴 듯 따뜻한 날씨였다.

이제 왕비가 될 여인은 궁인들을 이끌고 레필타 신전으로 모습을 드러냈다. 먼저 모여들어서 기다리고 있었던 백성들이 두 손을 맞잡고 진짜 왕비가 될 여인에게 찬사를 보냈다.

고귀한 빛깔의 금사로 장식한 드레스를 입은 메를리니는 레필타 신전 입구에서 멈춰 섰다. 그리고 한 바퀴 쭉 돌아보며 백성들의 환호에 호응해 주었다. 그런 모습이야말로 그녀가 가진 독특한 매력 중 하나였다.

이후, 그녀가 한 걸음을 내디딜 때마다 백성들의 환호성이 쩌렁쩌렁 울렸다. 수많은 찬사와 축복의 목소리가 공기에 녹아드는 가운데. 메를리니에게선 그야말로 광채라고 할 만한 성스러운 자태가 깃들어 있었다.

머리 위 빨간 봉우리에 금색 장식으로 테두리를 감은 왕비의 관이 멋들어졌다. 에리가 썼던 것과는 다른 재질의 관이었다. 더욱 의미가 명료하고 뚜렷했다.

입구를 지나 신전의 중앙 홀로 향하는 동안 메를리니의 뒤로 수많은 궁인들이 뒤따랐다. 주변으로는 활기로 물든 생기발랄한 얼굴의 백성들이 우르르 몰려들었다가 퍼졌다가를 반복했다.

메를리니는 중앙 홀 정문 앞에서 나지막이 기도를 올렸다.

"전능하고 영원하신 낮의 주신과 밤의 주신이시여, 그리고 두 주신을 지탱해 주시는 12성신이시여. 제가 원래 있어야 할 자리로 돌아가게 해 주신 그 은혜를 잊지 않겠나이다. 앞으로의 길에도 축복과 은혜로 보듬어 주십사 이렇게 기도드립니다. 천지를 만드신 14명의 신들께 감사드리나이다."

중앙 홀로 들어가니 먼저 와 모여 있었던 정치 각계 막료들, 기사들, 귀족들, 그리고 데레니아 왕비. 끝으로 홀 중심에서 레이드가 기다리고 있었다.

메를리니는 궁녀에게 라빈을 받아 안았다.

경건한 분위기를 느꼈는지 기특하게도 라빈은 울지 않았다.

에리가 왕비에 올랐을 때와 마찬가지로 왕의 외삼촌 로우 르 포르테 공작이 진행을 맡았다. 그의 탁월한 입담이 연신 분위기를 가다듬었다.

메를리니는 라빈을 안은 채 레이드와 마주 섰다.

레이드가 라빈의 복숭아 같은 뺨을 쿡 만져봤다. 꺄르륵, 웃는 라빈의 이마에 입술을 맞춰 주고는 메를리니에게 몇 마디를 건넸다.

두 사람은 사랑의 서약을 다시 되새기고, 서로의 이마를 맞댔다. 성스러움이 만연한 자리에 고귀한 축복이 흐트러지듯 남았다.

그로부터 2년의 시간이 흘렀다.

*　　　*　　　*

2년이란 세월이 흘렀는데도 아직 에리를 지지하는 세력은 미력하게나마 잔존해 있었다. 그녀가 왕비의 자리에서 폐위되었다는 사실은, 본디 그녀를 순수하게 지지했던 이들에게는 크게 상관이 없었다.

대개 그들은 에리가 냉궁에서 유배되다시피 생활한다는 소식을 듣고 분개했다. 분노로 무장하고선 당장에라도 왕국을 뒤엎고 싶었으나, 안타깝게도 그들에게는 힘이 부족했다. 군사력이나 자본력 등등 모든 면에서 약소했다.

그중에서 네기 플란트 자작은 나름 세력을 갖춘 귀족이
었다. 사실상 반군이라고 지칭되며 루티아르 북서 지방에
숨어서 세력을 보존하고 있었던 그는 에리를 남몰래 연모
한 남자였다. 에리의 보랏빛 머리카락을 상상하면서 감상
에 잠기곤 했다.

네기가 에리를 처음 본 것은 왕비가 되기 위해 제국에서
넘어온 시기였다. 그녀는 왕궁으로 향하던 중, 중간 경유지
로 네기의 영지를 지나게 되었다. 그때 네기는 에리가 왕비
가 될 여성이고 제국의 황녀란 사실을 알았음에도 그녀에
게 흠뻑 빠져들었다.

에리가 냉궁으로 쫓겨났다는 소식을 접한 네기는 주변
귀족들을 포섭하는데 여념이 없었다. 물론 공작이나 후작
은커녕 백작조차 되지 못하는 자작의 말을 곧이곧대로 따
라 줄 이들은 많지 않았다.

이웃 영지의 고르비 자작은 그래도 네기를 지지하는 몇
안 되는 인물 중 하나였다.

"네기 플란트 자작, 차라리 제국의 힘을 빌려보는 게 어
떻겠나? 내 암암리에 연락하는 인물이 하나 있네만."

"그게 정말이오? 소개시켜 주시오. 내 기꺼이 협조하리
다."

"공이 그렇게 나올 줄 알았지. 안 그래도 내 미리 연락을 해놓았네."

고르비 자작의 말에 귀가 솔깃한 네기는 망설임 없이 제국의 인사와 접촉했다. 제국 측 인물은 자신을 바람의 기사단 부단장 데릭이라고 소개했다.

"네기 플란트 자작, 당신에 대한 이야기는 익히 들었소. 에리 황녀님을 위해 목숨까지 바칠 실력자라고 소문이 자자하더구려. 황녀님은 나의 사촌 동생이기도 하거늘…… 정말 당신 같은 멋진 사내가 있어줘서 얼마나 기쁜지 모르겠소."

데릭은 눈물을 훔치며 네기에게 진심을 고했다. 데릭 폰 이틀로이하, 황위 쟁탈의 참극에서 벗어나기 위해 스스로 바람기사단에 몸을 담았던 남자. 출중한 무예 실력을 떠나 어찌 됐든 제국의 황족이란 사실은 변함없었다.

제국 황족이 뒤를 밀어준다는 데에 네기는 자신감이 충만해졌다. 에리가 제국의 황녀였으니 뭔가 명분도 서는 느낌이었다. 정작 데릭은 휘하의 군사들을 붙여 주겠다고만 하고 자신은 제국과 왕국을 오가야 한다며 떠났음에도, 네기의 사기는 하늘을 치솟았다.

2년간 이날만을 고대하며 꾸역꾸역 군세를 모아왔으니

그 수도 상당했다. 제국의 지원을 받은 네기는 4천 명의 사병들을 집결시켰다. 반란군이라고 세상의 비난을 샀지만, 평소 네기로부터 정신교육을 제대로 받아서 모두 열렬한 에리의 추종자들이었다.

마치 종교단체처럼 강렬한 의지로 모인 그들을 업신여기고 대충대충 진압하려고 했던 북서부 귀족군은 첫 전투에서 대패를 하고 말았다.

무엇보다 반란군의 선두에서 삼각 진형으로 돌진해 오는 검은 갑옷의 부대가 문제였다. 파죽지세로 밀고 내려온 반란군은 북서의 중심도시 레다스 앞마당까지 다다랐다.

그러나 그 가장 중요한 전투를 앞두고 검은 갑옷의 부대가 사정이 생겼다며 전선을 이탈해 버렸다. 물론 그들이 빠졌다고 해서 이미 사기가 오를 대로 오른 네기의 군대가 멈출 리 만무했다. 레다스 인근을 아우르는 메이다스 대평원에서 반란군과 북부 정규군은 대치했다.

북부 정규군의 사령관은 지난날, 메를리니 암살에 실패했던 광하의 백작 라이벨 데 포이트라였다. 그의 주가는 유리 그림자 산맥에서의 임무 실패로 데레니아의 눈 밖에 난 뒤로 연일 하향곡선이었다.

라이벨은 이번 반란 진압에서조차 충분한 성과를 내지

못하면, 다시는 중앙으로의 진출이 불가능하다고 여겼다. 그는 그 어느 때보다도 이를 악물고 전투에 임했다. 반란군을 철저히 격퇴하여 다시 명성을 날릴 셈이었다.

전세는 압도적이었다. 눈 깜짝할 사이에 적군의 진형을 분쇄해 버린 노도와 같은 진격이었다.

그제야 네기는 자신과 병사들이 에리에 대한 열렬한 지지로 하여금 엄청나게 강해졌다는 착각에서 헤어 나왔다. 검은 갑옷의 부대가 빠지니 정신무장만 맞춘 오합지졸 그 자체였다. 아니, 단순히 그런 문제만도 아니었다. 라이벨이 이끄는 부대가 너무도 강력했다.

처참한 대패 이후, 네기는 제대로 도망칠 여력도 남지 않았다.

라이벨은 포박된 네기를 무릎 꿇렸다.

"네기 플란트 자작, 더 할 말이 있나?"

"에리 님, 사랑합니다."

"하? 정신이 나갔나 보군."

라이벨의 차디찬 칼날은 자비 없이 네기의 목을 베어 버렸다.

네기는 라이벨에게 죽음을 맞이하는 그 순간, 에리의 아름다웠던 미소를 떠올렸다.

한 남자의 이루어질 수 없는 사랑으로부터 시작되었던 반란은 헛된 꿈과 같았다. 끝내 라이벨의 재기를 위한 발판이 되듯 역사의 잔재 속으로 사라졌다.

그러나 네기의 존재 가치는 사실 그의 선에서 끝나는 게 아니었다. 그를 소탕한 공로로 다시금 일어선 라이벨의 존재나, 반란으로 인해 혼란이 가중된 북부 전선.

끝으로 지지 세력을 밀어줬던 데릭 폰 이틀로이하의 행방이 그것이었다. 이 우스꽝스러운 반란은 앞으로의 서전에 불과했다.

*   *   *

왕태후궁 앞에는 다른 궁전처럼 자그마한 정원이 구비돼 있었다. 평소에는 별로 특별할 것 없는 나무와 꽃으로 치장된 정원이었지만, 오늘은 달랐다. 무슨 행사라도 하는 것처럼 각종 장식들로 꾸며졌다.

행여 무슨 사고라도 날까 걱정하는 궁인들로 붐볐고, 호위를 위한 기사나 병사도 평상시보다 많이 배치됐다.

그 많은 인원이 정원 중심으로는 다가가지도 못해서 애간장을 태웠다. 혹시 무슨 문제가 생길까 조마조마하면서도 다가가진 못하니 답답했다.

본디 정원 중심에는 벤치 두 개와 햇빛을 가려주는 그늘 외에는 별것 없었다. 단지 오늘만큼은 특히 다른 곳보다 예쁘고 화려한 장식들이 이곳저곳에 수놓아져 있었다. 장식들로 꾸며진 무대에는 노년의 왕태후와 아기 왕자가 자리하고 있었다.

데레니아는 손자 라빈에게 아낌없는 사랑을 베풀어 주었다. 라빈을 위해서라면 기꺼이 장미 가시에 찔리는 것도 마다하지 않았다. 노년에 찾아든 노망은 아니었다. 원래 그녀도 부드러운 미소를 지을 줄 아는 한 명의 여인이었다.

"옳지. 우리 아가. 우리 왕자."

뒤뚱뒤뚱 아기자기하게 걷는 라빈의 모습이 어찌나 사랑스럽던지, 지켜보는 것만으로 행복하고 뿌듯했다. 그녀의 인생에 있어서도 손자는 이번이 처음이었다. 지금껏 살아오면서 자신의 아들을 비롯해 수많은 아이들을 만나 봤지만, 이런 색다른 기분은 들지 않았다.

때로 데레니아가 라빈과 놀아줄 때면 보석이 박힌 장신구라든가, 시계 등을 잔뜩 가져와 선물해 주곤 기뻐했다.

보석으로 뒤덮인 팔찌에서 허리띠, 완장, 단추 등 셀 수 없이 많은 선물로 라빈의 방은 무슨 보물의 방처럼 화사했다.

"시원하니? 우리 손자."

타조 깃털로 만든 부채로 직접 라빈을 시원하게 해 주는 모습도 보였다. 애정이니, 사랑이니, 아직 단어를 제대로 습득 못한 라빈도 할머니가 자기를 얼마나 좋아하고 아껴 주는지 느낄 수 있었다.

"할머니. 할머니."

"오냐. 우리 아가."

데레니아는 라빈을 와락 안아주고는 볼을 맞댔다. 살짝 노란색이 섞인 적색 머리카락의 라빈의 외모는 제 엄마와 아빠를 꼭 빼닮았다. 메를리니의 얼굴이 내비쳤지만 이제 그런 사실은 그리 중요치 않았다. 그저 사랑스러운 손자였다.

궁녀들은 데레니아의 따뜻한 모습이 아직도 익숙지 않았다. 손자 앞에서는 누구보다 자애로운 할머니의 면모였지만, 역시 다른 자리에서는 엄숙하고 무서운 분이었다. 이중인격? 아니, 그저 귀여운 손자를 예뻐할 줄 아는 할머니에 가까울까.

궁녀들을 조용히 시키고 몰래 찾아든 메를리니도 데레니아의 웃음 가득한 얼굴을 지켜보며 만감이 교차했다. 근래 들어 매일같이 마주하는 낯선 모습이었다. 저런 여성이 어찌 자신의 손자를 밴 여인을 죽일 생각을 했었던 건지…….

회귀 전, 임신한 사실을 알고도 뱃속의 태아와 함께 죽이라고 명한 것은 대체 뭐란 말인가. 메를리니는 몹시 혼란스러웠다. 자신이 무엇 때문에 회귀했는지, 어떤 마음으로 이 지옥 같은 궁궐로 돌아왔는지…….

메를리니는 종목걸이를 움켜쥐었다.

미세하게 진동하는 종의 울림이 손을 따라 몸, 마음을 흔들렸다. 시어머니와 아들이 놀고 있는 모습을 바라보니 이젠 어찌해야 할지 갈피가 잡히지 않았다.

이내 두 사람 앞으로 걸어갔다.

그녀를 발견한 라빈이 반갑게 달려왔다.

"어머니. 어머니."

"그래, 할머니와 재미있게 놀았니?"

"네. 할머니 좋아요."

메를리니는 가슴이 욱신거렸다.

"그래, 엄마는 할머니와 긴히 할 말이 있으니 궁녀들이랑 놀고 있으렴."

"네. 어머니."

라빈은 다소곳하게 인사를 드리고 몰리와 유지니에게 달

려갔다.

메를리니의 지시로 정원에는 그녀와 데레니아만이 남았다. 오늘은 확실하게 결판을 지어야겠다고 다짐한 터였다. 회귀 전 일을 묻혀두더라도, 데레니아가 메를리니를 미워하고 죽이려 했다는 사실은 변함없었다.

향설이 사냥 중 위해를 가하려 한 사건이나, 유리 그림자 산맥 때만 해도 그랬다. 그걸 제외하더라도 불임약에 이런저런 자잘한 일들이 많았다.

아마 제국이라는 새로운 적이 태동하지 않았다면, 라빈이 할머니를 몹시 따르는 게 아니었다면, 지금 이런 만남조차 없었을 것이다.

"내게 하고 싶은 말이 있나 보구나."

"네. 긴히 드릴 말씀이 있습니다."

"왕자를 낳고 왕비까지 되더니 과연 이전과는 다른 느낌이구나. 처음 왕태자비의 신분으로 이 왕궁에 발을 들였을 때와는 전혀 딴판이야."

"왕태후 마마께서도 그때보다는 나이가 드셨죠."

데레니아는 태연하게 대꾸했다.

"세월은 그리 녹록치 않은 법이니까. 나는 슬슬 끝물에 다다른 노인이지만, 왕비는 이제부터 시작이겠지. 딱히 누구의 편을 들어줄 생각도 없었거니와 그럴 입장도 아니었지만. 이왕이면 제국에서 넘어온 황녀보단 네가 낫다고 판단했었다."

"그렇다고 하기엔 왕태후 마마께서 제게 베풀어 주셨던 은혜들이 참…… 아닙니다."

메를리니의 미간에 살짝 주름이 잡혔다. 그녀에게는 데레니아가 너무나 뻔뻔하게 보였다. 시어머니로서 며느리에게 한 번이라도 애정을 준 적이 있었던가. 그러기는커녕 죽이려고 술수를 쓰지 않았던가.

"그래, 네가 바보도 아니고, 내가 참 밉겠지. 그러나 사람은 자리와 위치, 그리고 시대가 만드는 것이다. 언제고 라빈이 결혼할 나이가 됐을 때 네가 나처럼 안 하리라 장담할 수 있느냐? 나는 내 아들을 사랑해 마지않았고, 응당 사랑하는 아들이 훌륭한 존재가 되길 바랐다. 무릇 왕좌란 혼자서 이루거나 보전할 수 없는 법. 아들에게 부족하지 않은 여인을 붙여주고 싶었던 늙은 어미의 마음을. 언젠가 너도 알게 될 것이다, 메를리니."

"네. 그래서 왕태후 마마를 미워했고 원망했습니다. 아마 지금도 크게 다르진 않겠죠."

"그 말 그대로 돌려주고 싶구나. 처음 너를 만났을 때,

미천한 남작가의 여식이 감히 내 아들을 홀렸다는 것에 화가 났었다. 누구보다 강한 처가의 힘으로 하여금 저 높은 곳으로 올라야 할 내 아들을 홀린 계집이라 판단했었지. 근데 너는 놀랍게도 내가 놓은 고난들을 넘어오면서 빠르게 성장하더구나. 그럼에도 나는 너를 내 옆에 놔둘 수 없었다. 너는 처음 만났을 때부터, 지금 만나고 있는 이 시점까지도 그 눈빛을 하고 있으니까. 무엇이 너를 그렇게 강하게, 독하게 만드는 것이더냐? 무엇이 나를 미워하게 만들었으며 원망하게 한 것이더냐?"

메를리는 얕은 한숨을 내쉬었다. 데레니아의 물음에 답하기 위해선 회귀 사실과, 그 당시 어떤 일이 있었는지를 설명해 줘야 했다. 그러나 아직은 말할 순간이 아니었다.

"어머님."

"……."

데레니아의 말문이 막혔다.

메를리니가 덧붙였다.

"처음이자 마지막으로, 한 번쯤 어머님이라고 불러드리고 싶었습니다. 왕태후 마마, 한 가지만 여쭙고 싶습니다."

"무엇을?"

"라빈을 사랑하시나요?"

"당연한 것이 아니더냐. 내 손자이니라. 못난 할미를 만났지만, 부모는 잘 만난 아이지. 장차 루티아르의 왕이 될 왕가의 숭고한 핏줄이니라."

"그러시군요. 그럼 됐습니다. 오늘 보여드린 불손함은 아무쪼록 너그러이 헤아려주시길. 이만 물러가 보겠습니다."

메를리니는 홱 돌아서서 무거운 걸음을 옮겼다. 데레니아의 시선이 느껴졌지만 애써 외면했다. 그녀의 머릿속에는 왜 진즉 인정을 베풀어 주지 않았느냐는 물음이 맴돌았다.

어째서 그때는 당연하다 말한 그 사실을 몰랐느냐고 묻고 싶었다. 실제로 보이는 아이의 모습과 복중 태아의 모습이 다르기 때문이냐고 말하고 싶었다. 그 모든 게 단순히 며느리가 가진 힘에서의 문제였다면, 그건 너무나 슬픈 결과물이라고.

제7장

불씨 흐트러지다

『차라리 그때 내가 흰 백기를 내걸고 패배의 길을 걸었다면. 그랬다면 그녀가 죽을 일은 없었을까? 셀 수 없이 많은 사상자가 나오는 대참사가 벌어지지 않았을까? 나 하나의 희생으로 어쩌면 더 좋은 미래가 있진 않았을까? 하는 꿈을 가끔씩 꾸곤 한다. 그래도 꿈에서 헤어 나오노라면 지금을 부정하진 않는다.

-붉은 여제의 회고 中-』

콧등을 자극하는 피비린내.

싸늘하게 식어 버린 시체들.

죽음의 너울 아래 더럽혀진 성문 앞마당.

그 모든 수식어가 통용되고 있는 곳. 루티아르 북동 국경지대 수비성 메든.

국외에서 정식절차를 밟고 루티아르 국내로 들어오기 위해선 꼭 지나야 하는 이곳에 피 튀기는 전장이 벌어진 것은 실로 오랜만이었다. 전쟁을 위한 목적이 아니고서야 이만큼 대규모적으로 문제가 발생할 일은 없었기 때문이었다.

수비성 메튼을 지키는 수비부대 100여 명은 이 어이없는 사태에 경악을 금치 못했다. 그들을 이끄는 수비대장 안톤도 마찬가지였다. 그룬디에 선틀 백작의 명령으로 몇 년째 수비성 메튼을 지켜오면서 이런 적은 처음이었다.

가끔 실랑이가 이는 정도였지. 이처럼 대대적인 전투라니. 언제고 백작이 다시 불러줄 날만을 고대하며 버티고 있었거늘. 이런 난제는 원하지 않았다.

안톤은 부하들 열댓 명의 시체를 뒤로하고 적들과 마주했다.

"대체 뭐 하는 놈들이냐?"

"아아. 모두를 다 알려 줄 순 없고. 내 이름 정돈 소개하지. 데릭 폰 이틀로이하라고 한다."

"이, 이틀로이하라고? 하하하! 도적놈이 사칭도 가지가지군."

"뭐 대부분 그런 반응을 보이더라고. 최근에 순수하게 받아들인 남자가 하나 있었는데. 아쉽게도 저세상으로 떠났으니 참 아쉬워."

얼핏 봐도 300명이 족히 넘는 인원이었다. 안톤이 이끄는 100여 명을 에워싼 채 천천히 거리를 좁혀 왔다. 점점 압박해오는 적들과 대치하며 안톤은 침을 꿀꺽 삼켰다.

데릭이 빈정거리듯 다시 입을 열었다.

"어차피 한 명도 남김없이 다 죽일 참이지만. 내 이름을 알려줬으니, 거기, 대장으로 보이는 놈. 네 이름은 뭔지 듣고 싶군."

"안톤이다. 안톤 하리."

"실력은?"

"아마 너보단 세겠지."

"도발 치곤 신선하지 못하군."

데릭은 포위망을 완벽히 갖추고 공격명령을 내렸다. 안톤과 수비대도 필사의 의지로 항전하니 삽시간에 피비린내가 진동하는 전장으로 변했다.

안톤의 검이 야멸치게 허공을 갈랐다.

날카로운 칼날을 가까스로 피해 낸 데릭이 반격에 나섰다. 순식간에 안톤의 품으로 파고들어선 그대로 검을 위쪽으로 베어 올렸다.

챙―!

둘의 검이 쇳소리를 자아내며 교차했다.

서서히 아군이 밀리고 있음을 자각한 안톤은 필사적으로 검술을 행했다.

그러나 전세의 분위기를 떠나 애초에 그는 데릭의 상대가 되지 못했다. 차츰 밀리는가 싶더니 어느새 수세로 몰려버렸다. 데릭의 실력은 일개 도적 따위의 수준이 아니었다.

이러니저러니 아군이 밀집되어 있는 곳까지 밀려 나갔다.

"크윽…… 제법이구나."

"현실을 직시 못 하는 것만큼 우매한 것도 없지."

"제길 이대로는……."

안톤은 자신의 실력으로 데릭을 쓰러트리지 못한다는 걸 스스로 인정했다. 그렇게 생각하니 한결 마음이 편해졌다. 그는 전사로서의 자존심을 내버리고 오로지 임무를 수행하는 데 목숨을 바치기로 다짐했다.

슬슬 방어를 하는 것도 막바지에 다다랐을 시점. 안톤은 슬며시 손짓으로 부하들에게 신호를 보냈다.

"한눈을 파는군."

푸슉—

잠시 틈을 보인 바람에 안톤의 등으로 차가운 칼날이 뚫고 튀어나왔다.

"하아…… 하하하……."

안톤이 환하게 웃어 보였다.

그의 행동에 데릭이 어이없다는 듯 코웃음을 치려고 했다. 그러나 그는 그리하려 했을 뿐, 정녕 코웃음을 머금지는 못했다.

안톤이 검을 바닥에 꽂으며 주저앉은 순간. 근처에 있던 메든 수비병들이 데릭의 등허리를 베어 버렸다.

잇따라 부하들이 도우러 오지 않았다면 데릭도 그 자리에서 죽음을 면치 못했을 것이다. 데릭은 부하들의 부축을 받아 전장을 벗어났다.

이윽고 메든 수비병들은 하나둘, 마지막 한 사람까지 항쟁하다가 전멸을 맞이했다.

데릭은 등허리 부상에 긴급조치를 마치고 안톤의 시체로 다가가 보았다.

"에단 키라트가 루티아르 왕비 측 누군가에게 졌다는 소식을 들었을 때 반신반의했었는데. 아무래도 그게 거짓은 아닌 것 같군. 새삼 레인 디너즈 공께서 이 계획에 공을 들인 이유를 알겠구나."

무려 3배의 병력으로도 쉽게 이길 수 없었다. 더욱이 이끌고 온 300명의 전력은 네기 백작의 반란을 도왔던 정예 인원이었다.

"부관, 다음 임무의 중요성은 잘 알고 있겠지?"

"예. 물론입니다."

"내 몸 상태도 문제지만. 나도 사람인지라 차마 그 임무만큼은 직접 수행하지 못하겠구나. 아, 그리고 더 이상의 밀입국은 불가능할 듯하니, 먼저 와 있었던 녀석들에게도 파발을 보내도록."

"예. 알겠습니다."

코를 찌르는 피 냄새에 눈살이 찌푸려졌다. 데릭은 최종전이 머지않았음을 가늠해 봤다.

*　　*　　*

북동쪽 국경수비성 중 하나인 메든이 의문의 습격을 받았다는 전갈이 수도 레필타에 다다른 것과 관계없이 또 다른 사건의 시발점이 태동했다.

다이헤르 제국 측에서 끈질기게 매달린 끝에 에리와 레페리의 신병이 고국으로 돌아가게 되었다. 사실 두 사람은 냉궁에서 보낸 2년여 동안 그리 불편하게 지내진 않았다.

메를리니의 지시로 음식은 늘 최상급 만찬으로 준비하도록 했으며, 에리가 여흥을 즐길 수 있도록 각종 극진한 대우와 접대를 병행해 주었다.

때로 메를리니는 에리와 편지를 주고받으며 온정을 나누기도 했다. 한편에서는 메를리니가 착한 척, 내숭을 떠는 것이라고 비판하는 시선도 없잖아 있었지만, 역시나 그녀는 별로 신경 쓰지 않았다.

간혹 네기의 반란처럼 소규모 폭동이나 크고 작은 모반 계획이 수면 위로 떠올랐을 때도 에리에게 화살이 돌아갔지만, 메를리니는 크게 문제 삼지 않았다.

그런 그녀의 모습을 대개는 천사와도 같다며, 혹은 붉은 머리카락에 빗대어 탄생의 여신 루비아나를 꼭 빼닮았다고 찬양하는 이들이 많았다.

다시 원점으로 돌아가, 에리와 레페리는 메를리니의 배려로 큰 탈 없이 제국으로 돌아갈 수 있게 되었다. 원래 왕국 측에서는 더 오랜 기간 붙잡아두려고 했으나, 이 또한 메를리니의 은혜로운 손길 덕분이었다.

최고급 마차에 몸을 실은 두 사람은 냉궁에서 점점 멀어져 갔다. 어찌나 잘 만들었는지 마차는 울퉁불퉁한 길에서도 크게 흔들리지 않았다.

레페리는 다시금 메를리니의 은덕에 감사했다.

"에리 님, 기분은 좀 어떠십니까?"

"기쁘네요."

"그렇지요. 드디어 고대하고 또 고대했던 고향 땅으로 돌아가는 것입니다. 이 또한 새 왕비의 도움 덕분이니…… 참으로 미안하고 값진 은혜입니다."

"그리 생각하니 참…… 덧없네요. 저의 완패예요."

에리는 회한에 잠긴 얼굴이었다.

레페리도 에리와 마찬가지였다. 정말 메를리니에게는 두 손, 두 발 다 들었다. 제국으로 돌아가면 정계에서 은퇴하고 어디 시골에 처박혀서 농사나 지을 생각이었다.

"참으로 많은 일이 있었지요."

"그래요. 저도 많은 걸 깨달은 시간이었어요. 제국으로 돌아가면, 하고 싶은 일이 많아요. 냉궁에서 지내는 동안 이것저것 많이 궁리해봤거든요."

생기가 넘치는 표정이었다. 열정과 활기로 가득 찬 얼굴은 마치 어릴 적 에리의 모습처럼 순수했다.

"그러셔야지요. 아암, 그래야 하고말고요. 새로운 삶을 다시 개척해나가시는 겁니다. 이 늙은이 분골쇄신하여 보좌해드리겠습니다."

그렇게 말하고 레페리는 빙그레 웃었다. 새로운 지평이 눈앞으로 찾아든 기분이었다. 농사도 농사지만, 우선은 이 여인의 미래를 진실로 지탱해 주고 싶었다.

그 희망에 때 묻은 거짓은 없었다. 그것이 제국에서나 왕국에서 범했던 수많은 업보를 속죄하는 길이라고 여겼다.

그러나 그의 업보는 생각보다 무거웠다.

마차 주변에서 호위를 맡고 있었던 기사 하나가 화살에 맞아 낙마했다. 마차 창문으로 그 장면을 똑똑히 지켜본 레페리의 표정이 굳었다.

"……."

반대쪽에서도 기사가 화살에 맞아 쓰러졌다.

"대체……."

"레페리 선생님……."

"괜찮습니다. 아무 일도 없을 겁니다."

레페리는 마부를 재촉했다. 마차의 속도가 빨라지자 호위기사들도 속력을 올렸다. 그때 앞쪽으로 나무들이 우르르 쓰러졌다. 다행히 나무 끝 쪽으로 여유가 있어서 어떻게든 지나갔지만, 이동속도가 줄어든 게 치명적이었다.

마차문을 뚫고 화살 몇 발이 치고 들어왔다. 동시에 기사들이 낙마하는 풍경이 계속 이어졌다. 이 정도로 치밀한 습격은 사전에 준비하지 않고선 불가능했다.

"……."

문득 레페리는 에단이 충고해 줬던 게 무슨 의미였는지

깨달았다.

그 와중에도 혼비백산한 에리가 정신을 차리지 못했다. 맥없이 중얼거리는 등 몹시 불안해했다. 그녀를 감싸 안아주는 내내 레페리는 참으로 비정하다고 되새겼다. 죽일 듯 치고받고 싸웠던 여인도 이토록 챙겨주었거늘. 어찌 한 배속에서 나와 이럴 수 있단 말인가…….

"에리 님."

에리는 대답할 여력도 없었다. 그녀는 레페리의 품에 머리를 파묻고 부들부들 떨었다.

"저는 그래도 핏줄이란 게 존재한다고 봅니다. 그것은 제 삶의 긍지였고, 제가 믿었던 유일한 것이었으니 말입니다."

레페리는 에단에게 받았던 독침을 조용히 에리의 등허리에 놓아주었다. 그는 에리가 생을 다하는 그 영험한 순간에 자신의 오라비를 원망하기를 바라지 않았다. 차라리 자신을 원망하면서 이승을 떠나길 바랐다.

그때 포탄이 마차의 옆면을 날려 버렸다.

반쯤 산산조각 나 형체를 알아볼 수 없는 마차더미. 에리는 잔해 속에서 자신을 지켜주려다 숨을 거둔 레페리를 바라봤다.

"어차피 독침도 놔주셨으면서…… 바보같이…… 레페리 선생님, 저는 그냥 오라버니도, 아무도 원망하지 않을게요……."

비정한 포탄이 일으킨 폭발의 섬광 속에서 에리는 나지막이 미소 지으며 눈을 감았다.

*   *   *

다이헤르 제국 황제 페르만 폰 이틀로이하는 천인공노할 대죄의 대가를 왕국 측에 따지고 들었다. 그를 중심으로 제국은 에리의 죽음에 대해 자기식으로 해석하여 장장 13장에 달하는 서신을 전했다.

이에 루티아르 측에서는 비록 냉궁이라곤 하나 그곳도 엄연히 왕궁 소유의 궁전이었고, 그곳에서 지내는 동안 에리는 왕비 때 누렸던 것 못지않은 대우를 받았다고 답장을 보냈다. 물론 제국에선 어림 반 푼어치도 없다며 강경대응을 일관했다.

양국의 보이지 않는 줄다리기는 한동안 계속되었다.

그러다 한 사건을 계기로 사실상 걷잡을 수 없는 사태로 치달았다.

에리의 죽음에 대한 진위여부를 따지고 파헤치기 위해 루티아르를 방문한 조지 크루드 대사와 관련된 사건이었다.

조지는 사절단을 아주 고급스럽게 준비해 왔다. 그 때문에 국경선을 넘어서도 당일 왕궁으로 도착할 수도 없었다. 더불어 그의 호전적인 성향이 머리보다 몸을 먼저 움직이게 만들었다.

첫 번째 어긋난 핀트의 발단은 조지를 환대했던 마크 백작이었다.

"조지 크루드 대사, 저희 저택으로 모시겠습니다."

"아아. 그보다 에리 황녀님이 끔찍한 사고를 당하셨던 그 장소로 가십시다."

"예? 우선 왕궁으로 가셔서 옥체를 인계받으시고 확인하시는 게 아니었습니까?"

"이왕 늦게 된 거 먼저 확인해도 되지 않을는지?"

"예, 뭐. 그러시다면야. 안내해드리겠습니다."

마크 백작은 별 고민 없이 조지의 요구에 응해 주었다. 뭐 틀린 말도 아니다 싶었고 괜히 대사의 심기를 건드려서 양국의 불화를 심화시키는 중죄인이 되고 싶진 않았다.

그러나 마크 백작의 의사와 상관없이 사실상 왕국과 제

국의 전쟁은 툭 건드려도 불이 붙을 마른 짚더미 덩어리였다.

에리의 생사 여부는 그만큼 엄청난 여파였다. 이제는 한쪽에서 전쟁을 갈구한다면 당장에라도 전쟁의 불씨가 터져 오를 지경이었다.

왕국 측은 뻔히 알고도 또 같은 수에 당해 버렸다. 이미 왕국 북부는 순차적으로 밀입국해 온 제국 측 정예병으로 가득했다. 그들은 수년간 일반 백성처럼 위장해 왕국 땅에 정착하여 무기를 만들고, 훈련을 게을리 하지 않았다.

그렇게 미리 준비된 제국군은 앞서 입을 맞춘 대로 데릭의 지휘 하에 조지 크루드 대사 일행을 습격했다. 그것도 에리 황녀가 죽었던 그 부근에서.

데레니아에게 귀띔을 받았던 마크 백작은 얼추 대비하고도 사태를 막지 못했다. 그가 준비한 기간이나 노력보다 제국 측이 꾸며온 시간이 더욱 치밀했다. 결국 그 사건을 시발점으로 왕제 전쟁의 불길이 루티아르 전토를 뒤덮기 시작했다.

*   *   *

루티아르 왕국과 다이헤르 제국의 관계는 극도로 나빠졌다. 한쪽에서 작정하고 시비를 거는 판이었으니 전쟁은 기정사실에 가까웠다. 백성들의 불안도 점차 고조되고 있었다.

레이드는 각계 막료들을 소집해서 본격적으로 전쟁에 대비하기 시작했다. 제국과 전쟁이 일어난다면 접경지는 북쪽의 지상 루트와 동쪽 해상 루트가 대표적인 경로였다. 남쪽 해상을 따라 길게 돌아올 수도 있었으나 그것은 보급선 등의 문제를 안고 있었다.

이에 항구와 육상 방어 전선을 강화했고, 함선을 새로 건조했으며 기존 함선도 착실하게 정비했다. 최대 접전지가 될 북쪽 지역에도 병력을 증집하고 성 보수에 치중했다.

지난번 국경수비성 메든에서의 참사나, 네기 자작의 반란 등으로 치안도 불안정했다. 북쪽에 대한 강화는 바다보다 더욱 중요한 사안이었다. 거기에 더불어 전시 파발이나 소식을 알려 줄 전서구, 봉화 등의 정비도 시급했다.

"적의 침공이나 여타 급보를 알려 줄 봉화는 어떤 상태요?"

"급변하는 상황에 대비해 신속하게 소식을 전할 수 있도록 봉화를 정비하고 있습니다. 또한 루티아르 전역 산꼭대기마다 추가로 설치하는 중입니다."

"그렇군. 병사들 징집 건은?"

"해군과 육군 모두 징집 상황이 원활하며, 병사로 차출된 집안에는 충분한 보상을 해 주고 있습니다."

"잘하고 있소."

준비과정은 크게 문제가 없었다. 레이드를 비롯해 대부분의 막료들의 우려는 본질적인 데에 치중해 있었다. 준비 여부를 떠나 지금의 루티아르 왕국이 '명분까지 갖춘 다이헤르 제국의 침공을 막아 낼 수 있느냐'에 집중됐다.

레이드는 물론이요, 누구 하나 전쟁을 원하지는 않았다. 당연히 군사적 업적을 남긴다거나 역사에 훌륭한 글귀 한 줄을 기록하고 싶은 마음도 없었다. 전쟁을 피할 수 있다면 가능한 피하고 싶었다.

전쟁을 곧이곧대로 받아들이는 건 결코 옳은 방향이 아니었다. 금전적 손실과 인명 피해를 고려하면 더욱 그랬다. 그래서 레이드는 가능한 한 외교적 해결책으로 양국의 불화를 해소하고 싶었다. 실제로 외교 사절을 보내서 다이헤르 제국과 화해를 도모하기도 했다.

그러나 외교로 해결안이 나오지 않자, 마음이 급급해진 몇몇 강경파 귀족들이 들고 일어났다. 로우 르 포르테 공작

다음 가는 권세를 누리고 있었던 잭스 도크 후작이 대표적이었다. 중앙귀족의 거두이자 왕국 제일의 재력가라고 불리는 사내였다.

"전하! 제가 함선을 이끌고 제국의 서쪽에 선제공격을 가하겠습니다!"

작정하고 침공하려는 제국의 동향을 보아 전쟁은 기정사실. 허를 찌르듯 먼저 공격을 하는 것 또한 효율적인 방법이었다. 그러나 레이드와 대부분의 신료들은 잭스의 요청을 좋게 생각하지 않았다.

"잭스 도크 후작, 아직은 때가 아니오. 우선은 방어를 중시하는 게 좋다고 보오."

성공적인 결과를 도출해낸다면 좋겠지만, 행여 이득도 없이 피해만 입고 온다면 그만한 낭패도 없었다. 정작 해군이 필요할 때 동원을 못 하게 된다면 그 또한 엄청난 손실이었기 때문이다.

더욱이 말도 안 되는 명분을 내세우는 제국을 상대로 조국을 지켜야 한다는 의지를 심어 주는 방어전이야말로 군의 사기를 높이는데도 효과적이었다. 선공을 하면 루티아르 스스로 악당을 자처하여 명분상 사기를 낮추게 될지 몰랐다.

"방비를 갖추는데 최선을 다해 주시오."

"예, 전하."

"저희만 믿으십시오."

이렇듯 우두머리들이 고심하고 있는 가운데. 백성들의 주 관심사도 크게 다르지 않았다. 전쟁이냐, 전쟁을 막느냐, 전쟁에서 승리하느냐, 온통 전쟁 이야기로 왕국 전국토가 가득 채워져 갔다.

레이드는 혹시나 하는 마음에 평화 협정을 체결하고자 제국으로 대사를 파견 보냈으나, 우습게도 양국의 대사가 만남을 가진 바로 그날. 다이헤르 제국 서쪽 지방 뎀버에서 군대가 출정식을 올렸다.

* * *

루티아르 왕국 남서부의 변두리 도시 딜리아트의 새벽은 조용하다못해 적막하다는 표현이 어울릴 법했다. 짙은 어둠으로 물든 이른 새벽의 공기는 춥지도 덥지도 않았다.

메를리니는 성벽 위에 올랐다.

순찰 빈도가 상대적으로 적은 위치였다. 다른 누군가의 방해를 받고 싶지 않아서 이곳을 택했다. 어차피 전쟁과는 거리가 먼 변두리 도시였으니 안전에 대한 불안도 없었다.

성곽 맞은편에선 작은 불빛들이 하나둘 움직이며 모였다가 사라졌다.

순찰 중인 병사들인가 싶었다. 멀리서 보면 사람은 보이지 않고 마치 반딧불처럼 불빛만 날아다니는 것 같았다.

두꺼운 갑옷과 투구로 완전무장한 병사들은 투구 사이로 눈만 내놓고 있어 가까이 다가와도 누가 누군지 알아보기 어려웠다. 목소리를 들어야 겨우 분별할 수 있을 정도로.

간간히 지나던 병사들은 메를리니에게 정중히 목례하고는 임무지로 이동했다.

어느덧 시간이 여섯 시가 되었다.

메를리니의 옆에는 항시 유지니가 함께였다. 그림자처럼 따라다니며 호위를 하고, 시중을 들었으며, 때로 말동무가 되어 주었다. 돌이켜 보면 유지니야말로 메를리니를 진심으로 따랐던 최초의 인물이기도 했다. 참으로 든든한 아이란 생각이 들었다.

"유지니, 지금쯤 제국군이 노도와 같이 쳐들어오고 있겠지."

반쯤 걱정 어린 어조였다.

유지니가 차분한 목소리로 응했다.

"어리석은 제국군의 만용은 금방 덧없는 알맹이가 드러날 것입니다. 용맹스러운 왕국군에게 참패해 돌아가리라, 그렇게 생각합니다."

"평소의 너답지 않게 추상적인 말이구나."

"그건…… 송구합니다."

"아니야. 네 말대로 용맹스러운 왕국군이 제국군의 만용을 꺾어줬으면 좋겠구나. 1군과 2군으로 나뉘어 쳐들어오는 제국의 침공을 말이야. 내 듣기로 제국은 이번에 작정하고 군비를 갖췄다지? 육로로 쳐들어오는 게 라우 제노스였던가?"

"네. 그렇다고 들었습니다."

루티아르 북부 육로로 쳐들어오는 제국군의 총사령관은 3재상 중 하나인 라우 제노스였다. 그는 에리 황녀와, 자신의 친우였던 레페리 데미우스의 죽음을 애도하는 전쟁이라고 외치며 사기를 북돋는 중이었다.

그와 이틀 격차를 두고 레인 디너즈가 이끄는 제국 해군도 루티아르 동쪽 해역을 치기 위해 출항했다. 수년간 준비해 온 결과물이 빛을 발하기 위해 태동한 것이다. 육지와 해상으로 동시에 궐기한 병력은 루티아르의 방어선을 송두리째 날려 버릴 수준이었다.

"라우 제노스와 레인 디너즈. 라우는 원래부터 군사적인 면을 중점적으로 관리해 온 재상이었고, 레인은 라우와 레페리의 능력을 모두 겸비한 불세출의 인재라고 불리지. 그런 그 둘을 우리 쪽으로 돌렸다는 건 북쪽의 세 나라를 해결했다는 걸거야."

"세 나라요?"

"응. 다이헤르 제국은 영토가 넓은 만큼 우리를 비롯해 총 4개의 나라와 국경을 맞대고 있으니까. 성국 루드란, 펜홀 왕국, 로베룬 왕국. 이 세 곳을 등한시하고 우리에게 주전력을 모두 쏟아 부을 여력이 있을 리가……."

"그래서야 어디 레이드의 옆자리를 보듬을 수 있겠느냐."

메를리니는 자못 심각한 표정이 되었다.

계단으로 데레니아가 올라왔다.

두 여인의 눈동자가 정적을 그리듯 마주 바라봤다. 침묵을 먼저 깬 것은 데레니아였다. 그녀의 입에서 잘 정리된 이야기기가 흘러나왔다.

"바람의 재상이란 놈은 정말 영악하고 또 대단한 작자다. 루티아르 침공은 그라는 존재가 두려워질 만큼 몇 년에 걸쳐 준비한 전쟁이라고 하더구나. 먼저 제국과 세 국가 간

사이를 가로지르는 자유접경지대 프리가든의 도적단들은 일찌감치 소탕하거나 회유했다고 전해지고. 이어 제국 북서쪽에 끄트머리를 걸치고 있는 성국 루드란은 딱히 전쟁을 일으킬 마음도 없었기에 제국이 오랜 기간 외교로 관계를 다져왔다더구나."

데레니아는 크흠, 목소리를 가다듬었다.

"북쪽 펜홀 왕국은 왕위 다툼으로 정신이 없지. 레인은 펜홀 왕국 남부를 장악하고 있는 2왕자를 지지하면서 사실상 펜홀과도 적대 관계에서 벗어날 수 있게 됐다더군. 마지막으로 로베룬은 딱히 먼저 건들지 않으면 선제공격을 하지 않는 지고한 나라임을 너도 잘 알고 있을 것이다. 결국 우리나라는 제국의 주력을 통째로 상대하게 된 게지."

"과연…… 왕태후 마마의 정보력은 엄청나시군요. 백가 기사단의 솜씨인가요?"

"정보란 건 돌고 도는 법. 누가 얻었는지는 중요치 않느니. 이 절체절명의 사태를 두고 메를리니 너의 식견을 들어볼까?"

메를리니는 어깨를 가볍게 으쓱거렸다.

"다행히 제국의 두 재상만큼이나 우리 왕국에도 뛰어난 인재들이 많죠. 전혀 대비가 없었을 때라면 제국군의 침공을 쉽사리 막지 못하겠지만, 우리도 나름 최선을 다해 군사를 나눠 배치해 놨다고 생각됩니다."

"가령?"

"북부 전선으로는 라우 제노스가 이끄는 15만의 제국군을 상대로 로우 르 포르테 공작이 나섰죠. 지금쯤 그를 필두로 도합 12만의 대군이 국경 너머 아리할 대평원에서 제국군과 대치하고 있겠네요. 마마께서도 아시다시피 공작의 저력은 무시할 수 없습니다. 아마 그곳이야말로 최고의 격전지가 되겠죠. 30만에 가까운 대군이 맞부딪치는 전장이니까요."

데레니아는 턱을 괴었다.

"그럼 해상전은? 바람의 재상 레인 디너즈가 이끄는 제국 해군도 무난하다고 보느냐?"

"해상전도 만반의 준비를 갖췄다고 생각합니다. 무려 7만의 병사를 300척의 함선에 태워서 오고 있는 제국군에 대적할 인물은 크게 셋이었죠? 잭스 도크 후작을 총사령관으로 라이벨 데 포이트라 백작과 그룬디에 선틀 백작이 각각 부사령관의 직책을 맡았다고 들었습니다."

"그랬지."

라이벨과 그룬디에. 두 사람을 추천한 건 데레니아와 메를리니였다. 물론 추천을 떠나서 둘의 기량 또한 인정받을 만했다. 해상전에서는 적의 선단이 어디로 톡톡 튈지 몰랐기에 행여 우회해서 상륙할 걸 대비해 해안지역에 그룬디에가 남아 있었다.

그룬디에가 지휘할 최소의 병력만을 남겨 두고 잭스와 라이벨이 본군을 이끌고 루티아르 동쪽 해역에서 제국 선단을 기다린다는 전략이었다.

"하지만. 메를리니, 너도 알고 있지 않느냐? 북방 수비성 메든에서 벌어졌던 참극과 에리를 지지했던 반란, 시위 세력들의 존재 의미에 대해서."

"마마께선 그 일련의 사건들을 뒤에서 몰래 조종한 세력이 있다고 예상하시는군요."

"네가 국경 조사에 치중했듯이 나 또한 이민자들을 조사하고 있었다. 별 대단한 꼬리가 잡히지는 않았지만, 역시 상대가 레인 디너즈였던 만큼 고려를 안 할 수 없었지."

"의문스러운 부분은 어디서 어떻게 누구의 지시로 이민자들이 수년간 잠재적 군대 및 첩보 활동을 했느냐는 것입니다. 마마의 말씀대로 그들이 제국의 별동대로 존재한다면 전장은 단순히 동쪽 해역과 북부만이 아니겠죠. 그렇다고 이미 왕국민으로 흡수된 이들을, 그것도 지금과 같은 긴박한 전시 상태에서 일일이 확인해볼 수도 없는 일이고요."

슬슬 해가 떠오르고 있었다.

성벽 위에서 바라보는 새벽 해는 흡사 커다란 불덩어리 같
았다. 불쑥 솟아오르는 해를 바라보는 감동은 말로 표현하
기 어려웠다.

"왕태후 마마와 저는 전하의 배려로 이곳, 남부의 변두리
도시 딜리아트에 몸을 숨기고 있지만. 전쟁이 전국으로 뻗쳐
간다면 이곳 또한 안전하진 않겠죠. 중앙에서 군비 및 총책
임을 수행하고 계시는 전하의 안위도 마찬가지고요."

메를리니의 말이 맞았다. 데레니아는 눈썹만 약간 움직였
다.

"날이 춥다."

짧게 한마디로 끊어버리고 데레니아는 성벽 아래로 내려
갔다.

메를리니는 한결 표정이 가벼웠다. 이내 유지니가 가져온
의자에 등을 기대고 하늘의 변화를 물끄러미 감상했다.

"당신을 무너트리는 것이 제 삶의 이유이자 목적이었습니
다. 당신의 아들을 사랑해마지 않고, 당신을 원망하는 것도
쉬이 사라지지 않습니다. 그러나 지금에 와서는 그 또한 덧
없다는 생각이 듭니다. 원망의 마음이 큰 만큼, 저는 제 자

신에게 괴리를 느끼기 때문입니다. 우습게도 같은 적을 두면 적도 아군이 된다는 말이 떠올라 버리네요."

헛웃음을 잘게 내쉬었다. 피식 머금는 입가에선 어두움도 밝음도 공존하지 않았다. 메를리니는 가만히 해가 떠오르는 걸 지켜봤다.

동그란 해 바로 아래로 불꽃이 일렁였다.

봉화가 타오르기 시작했다. 북쪽에서부터 순서대로 연결되는 봉화의 의미는 전쟁의 시작을 알리는 것이었다. 북부에서의 전쟁이 시작됐다.

〈다음 권에 계속〉